少年陰陽師

しょうねん おんみょうじ

少年陰陽師 肆拾伍

虛假之門

留めの底にわだかまれ

結城光流—著　涂愫芸—譯

重要人物介紹

藤原彰子

左大臣藤原道長家的大千金，擁有強大的靈力。現在改名叫藤花。

小怪

昌浩的最好搭檔，長相可愛，嘴巴卻很毒，態度也很高傲，面臨危機時便會展露出神將本色。

安倍昌浩

十七歲的半吊子陰陽師。父親是安倍吉昌，母親是露樹。最討厭的話是「那個晴明的孫子 ?!」

六合

十二神將之一的木將，個性沉默寡言。

紅蓮

十二神將的火將騰蛇，化身成小怪跟著昌浩。

爺爺(安倍晴明)

大陰陽師。會用離魂術回到二十多歲的模樣。

朱雀

十二神將之一，是天一的戀人。

天一

十二神將之一，暱稱是「天貴」。

勾陣

十二神將之一，通天力量僅次於紅蓮。

太陰

十二神將之一的風將，個性和嘴巴都很好強。

玄武

十二神將之一，乍看是個冷靜、沉著的水將。

青龍

十二神將之一，從以前就敵視紅蓮。

脩子

內親王，因神詔滯留伊勢。

安倍昌親

昌浩的二哥，是陰陽寮的天文得業生。

安倍成親

昌浩的大哥，是陰陽博士。

天空

十二神將之一的土將，是十二神將的首領，雖然眼盲，但內心澄明。

風音

道反大神的愛女。以前她曾想殺了晴明，現在則竭盡全力幫助昌浩。

藤原敏次

陰陽得業生，在陰陽寮裡是昌浩的前輩，個性認真，做事嚴謹。

你可能不知道吧？
那種駭人的絕望。

1

「那麼，我走了，篤子。」

成親這麼說，盯著妻子的臉好一會。

說不定今天妻子會張開眼睛，對自己微微一笑呢。

每天早上他都抱著這麼一絲希望，再悄悄地失望，然後站起身來。

他摸摸妻子凹陷消瘦的臉頰，確定她還有微弱的呼吸。

這時，他感覺妻子稍微蹙起了眉頭。

「篤子？」

成親端詳毫無血色的臉。

好像看到紫色的嘴唇動了一下。

他把耳朵湊過去，聽到從嘴唇溢出了夾雜在氣息裡的虛弱聲音。

「……親……」

是叫喚聲。妻子確實叫喚了他的名字。

他看見妻子緊閉的眼睛微微滲出了淚水，身體恐懼似地蜷縮起來。
成親抱起妻子瘦到變輕的身體，在她耳邊呢喃。
「篤子，我在這裡。」
她已經瘦到不能再瘦，成親想都不敢想肚子裡的孩子是什麼狀態。
孩子還活著。把手放在肚子上，可以感覺到胎動，但動得非常虛弱，彷彿為了求救，拚命掙扎，手腳亂動。
「……」
在成親懷裡緊繃著身體好一會的篤子，漸漸鬆弛下來。
成親心驚膽戰地觀察她的模樣，發現她眼角的恐懼消失了。
是纏住她的惡夢終於結束了？還是她又進入了別的夢境之中？
陰陽師擁有能看見夢境的法術，可以進入他人的夢裡。
但不管怎麼使用法術，都進不了篤子的夢。
有人在阻擋成親。有人在阻擋成親的法術。
成親仔細觀察篤子的呼吸好一會，才帶著陰鬱的表情，把她放在墊褥上。
「篤子……」

她聽見了這聲叫喚。即使在睡眠中、即使失去了意識，她的耳朵還是聽得到所有的聲音。

所以成親絕對不放棄，不停地對不會回答的她說話。

「妳已經睡煩了吧？差不多該醒來了吧……」

成親知道不管怎麼等，都不會有回答。然而，他還是不禁會期待，一直抱著希望。

總覺得，哪天當自己放棄了，不再叫喚了，那麼，一切就結束了。

他怕的是這種事。

而不是怕篤子沉睡不醒。

他怕哪天自己會放棄。

非常非常害怕。

但現在篤子還有氣息，肚子裡的孩子也還勉強活著。

他每天都會做確認，所以，不會被該不該放棄這種事困擾。

把外褂拉到篤子脖子後，成親輕輕嘆了一口氣。

該出門了。

正要站起來時，響起了趴躂趴躂的腳步聲。

他扭頭看怎麼回事，腳步聲就在對屋外停下來了。
「姑老爺。」一聲音的主人是長年服侍成親的岳父參議為則的總管。
成親與篤子結婚入贅後，總管以姑老爺稱呼他，以大老爺稱呼為則。
「怎麼這麼吵？」
「對不起，皇宮的陰陽寮緊急派來了使者。」
「什麼？」
總管的語氣聽起來很急迫。
成親瞥一眼篤子就站起來了。
走出對屋，看到總管蒼白的臉，他的心都涼了。
「事情是……」
聽總管壓低嗓門把話說完，成親張大了眼睛。
「你是說敏次……?!」
躺在墊褥上的篤子，微微顫動了眼皮。
即使在沉睡中、即使失去了意識，她還是聽得見聲音。

……呸鏘

她聽見從某處傳來的水聲。

那個聲音是開始的暗號。

她進入了夢境。

在夢中，她拚命抱著肚子，想保護肚子裡的孩子。

黑色水面在她腳下擴散。

她沒有往下沉。黑暗如漆的水面，映出篤子蹲下來抱著肚子的身影。

如鏡子的水面，映出了形銷骨立、面如死灰的臉。

蕩漾搖曳的臉，跟另一張臉交疊了。

面無表情的另一張臉，用人工製造般的眼睛，凝視著害怕的篤子。

那張臉有著野獸的身體。

人工製造般的嘴巴張開來，重複說著不知道聽過幾百遍、幾千遍的話。

不覺中，她的嘴也重複著相同的話。

顫抖的嘴、顫抖的聲音，重複著那些話。

響起了水聲。

重複的話究竟意味著什麼，她已經無法思考。

只是毫無意義地重複。

讓那些話不斷塗抹、塗滿在不知何時會結束的夢裡。

◇　◇　◇

小女孩抬頭望著天空逐漸昏暗的模樣，偏起頭，似乎在思索什麼。

「小姐？」

「書子小姐，您怎麼了？」隨侍在側的侍女出聲詢問。

以書法家聞名的藤原行成，替女兒取了帶有書字的名字「書子」。只有父母和長年服侍她的侍女，知道這個名字。

將來成為她丈夫的男人或許會被告知這個名字，但書子現在才七歲，離婚姻還很遙遠。

「書子小姐……」

瞥一眼侍女的書子，蹙起眉頭，忽地別過臉去。

侍女不解地眨了眨眼睛，旁邊的其他侍女吃吃偷笑起來。

「小姐在鬧彆扭啦，因為最近敏次大人都沒來。」

「喔……」恍然大悟的侍女，用袖子遮住嘴巴微微笑著。

「才不是呢……」

年幼的小姐支支吾吾地低下頭，侍女安慰她說：

「敏次大人可能很忙吧，聽說晚上還要守護京城。」

書子咦地叫出聲來。

「是嗎？」

「是的，聽說是跟衛士和檢非違使一起在京城巡邏，預防可怕的東西出現。」

皇上頒佈聖旨後，檢非違使、衛士、陰陽寮的寮官便組成隊伍，每天晚上輪流巡邏京城。

侍女們當然也聽說過據說是起因的一隻鞋事件，但她們認為沒必要讓書子害怕，所以沒告訴她。

「會出現可怕的東西嗎？」

侍女敷衍地笑笑，對張大眼睛看著她們的書子說：

「敏次大人和檢非違使們在京城巡邏就是為了不讓那種東西出現啊。」

忽然，書子的臉不安似地扭曲起來。

「那是……很危險的事吧？」

沒想到書子會這麼問，侍女們困惑地面面相覷。

被她這麼一說，她們也想到若是出現妖魔鬼怪或惡鬼怨靈之類的東西，即使有武藝高強的衛士、檢非違使陪同，與它們對峙的陰陽寮的人，還是要冒生命危險迎戰。

「就是有人扛起那麼重大的任務，小姐和我們才能安心地生活。」

侍女說的話，完全沒回答到書子的疑問。

書子皺起眉頭，一言不發地爬到床上。

「小姐……」

另一個侍女忽然眨眨眼睛，對困惑的侍女微微一笑說：

「不如我們請敏次大人這幾天來一趟吧？」

「啊，好主意，我馬上派人去……」

「不行！」

書子打斷侍女的話，在床上加強語氣說：

「不行，他正在忙，不可以這麼做。」

因為行成的身體狀況不太好，所以敏次有機會就會來探視。

但從某個時候突然中斷後，就很久沒來了。

不，可能其實沒那麼久。

只是書子覺得很久很久。

「守護京城是很重要的工作吧？所以不行，不可以派人去。」

侍女們發覺書子一次又一次重複說著不行，是在說給她自己聽。

寢間裡，書子像是要狠狠刻進心底深處般，一遍又一遍地重複著這句話。

「不可以打攪他，因為工作比較重要，所以不可以。」

父親行成也常常為了工作，強忍身體的不適進宮。

這個時候，書子都會忍著不說「不要去」，把湧上喉嚨的話吞下去。要是說出來，

父親會面有難色。

所以，倘若書子說任性的話，敏次也可能會面有難色。

讓他為難，他以後可能就不再來了。

「我才不寂寞呢……」

書子輕聲低喃，抱著膝蓋，垂下了頭。

每天都有厚厚的雲層覆蓋天空，讓人覺得窒息、胸口鬱悶、心情沉重。

敏次是陰陽師，一定知道讓心情好起來的咒語或法術。

原本想在他下次來訪的時候，請教他那些咒語或法術，他卻沒再來過。

個子很高，卻總是彎下膝蓋、彎下腰，配合書子的視線高度的敏次，知道很多事情，值得信賴，又非常溫柔。

所以，書子好想趕快長大，頭髮長到腳踝，可以穿上襲色①的漂亮衣服。

現在的她頭髮還太短，大人穿的衣服也大到會把她整個人蓋住。

想到這樣，她的心情就越來越往下沉。

書子窩在床帳裡，沒有出來的意思，所以，侍女們留下一個人，其他都退出了對屋。

「雖然小姐那麼說，我們還是送信去給敏次大人吧？」

自從他不見蹤影後，書子越來越常露出灰暗的表情。

「好啊。」

再怎麼忙，應該也不會夜以繼日地巡邏京城。

若是通宵巡邏，隔天也應該會休假。

「請他下次休假一定要來。」

相互點頭後，侍女們才想起下午有皇宮派來的使者來過。

身體狀況不太好的行成，最近都沒有進宮。

聽說緊急派來的使者，是送信來給行成，不知道是什麼事。

應該是與政局相關的事，所以詳細內容不會傳入侍女們的耳裡，但她們還是難免會掛心。

差不多是準備晚餐的時間了。

其中一個侍女去廚房看準備情形，順便把小姐的狀況告訴總管。

笑容滿面的總管，去主屋告訴主人這件事。

在墊褥上靠著憑几的行成，面色蒼白，把信捏在手上。

「大人？」

行成什麼也沒說，只是對驚訝的總管搖搖頭，問他有什麼事。

「是這樣的，侍女們說……」

總管轉達侍女的話後，行成明顯地顫抖起來。

◇　◇　◇

呸鏘……

「……」

緩緩抬起如鉛般沉重的眼皮，只看到一片朦朧的橙色。

搖曳的橙色，是好幾盞被點亮的燈台的火焰顏色。

這裡是哪裡呢？敏次用還迷濛不清的頭腦思考著，忽然看到一張臉從旁邊鑽進了視野裡。

「敏次大人……」

是個嚴肅、沉重的聲音。

敏次看著昌浩注視著自己的臉，心中漠然想著：「好差的氣色啊。」

他想回應，張開了嘴巴，卻馬上嘶地吸了一口氣。

彷彿有好幾支針扎刺著胸口，尖銳的疼痛一閃而過。

所有注意力都被疼痛拉走，湧上喉頭的東西又阻礙了呼吸，敲擊耳膜的嚴重咳嗽聲，遮蔽了其他所有聲音。

仰躺的敏次忍不住側向一邊，彎起身體，用手掩住嘴巴。

鐵鏽味爬上喉嚨，與咳嗽一起黏在掩住嘴巴的掌心上。

被橙色火光照亮的掌心，點點散落著噴霧般的紅色痕跡。

當發作的咳嗽停止時，敏次已經耗盡了體力。

努力調整過的呼吸，又急又淺，但也比咳嗽時好多了。

敏次戰戰兢兢地伸直身體，恢復仰躺的姿勢。

滿臉緊張地俯視著他的人，不只昌浩一個。

剛才沒發現，臉頰消瘦、疲憊不堪的陰陽博士的臉，也跟昌浩排在一起。

「……親……」

成親舉起手，制止想要說話的敏次，眼神嚴肅地開口說：

「敏次，我們現在要對你施行一個法術。」

「……？」

聽到出乎意料的話，敏次訝異地皺起了眉頭。
「我簡短說明，現在的你，掉了一半的魂。」
成親的眼神很認真，甚至有點嚇人。
敏次的眼皮震顫起來。這件事聽起來很荒謬，但敏次知道，安倍成親不會用那種表情開玩笑或耍嘴皮子。
「這樣下去，恐怕會被掉了的魂牽引，連在這裡的魂魄都被帶走。」
「……」
敏次輕輕地點個頭。
雖然不知道原因、理由，但成親、在成親旁邊的昌浩，臉色都那麼蒼白，所以他猜想事情一定非常緊迫。
「所以，我們要施行停止時間的法術，停止你的時間。在這期間，無論如何都要叫回跑掉的魂。」
這個法術只有能力相當高強的人才能施行，被當成了秘術之一。
敏次再次點頭。
這麼做，是要停止軀殼的時間，把跑掉的魂送回來。

「……」

他的嘴唇動了起來。

昌浩從他的嘴型，看出他是在說叫魂。

「敏次大人雖然還活著，但說起來就是這麼回事。」

不愧是聰明的敏次，即使瀕臨死亡，頭腦還是轉得很快。而且出奇地平靜，令人驚訝、心疼。

知道自己即將死亡，他非常冷靜地面對現實，回應了成親的話。

他不可能不怕，只是徹底切割了害怕的情感。

陰陽師必須隨時保持冷靜，不可以被情感左右。

在生死關頭，敏次也遵守了這樣的鐵則。

成親環視周遭。

「這裡佈設了結界，沒有任何東西進得來，外面也會派人看守……哎呀，」表情突然變得柔和的成親說：「不用擔心啦，不過就是睡著到醒來的這段時間。你不是因為咳嗽消耗了不少體力嗎？就當作是個好機會，把工作交給同僚，好好休息吧。」

成親的語氣就跟平時對部下說話一樣輕鬆，敏次也跟著放鬆，瞇起了眼睛。

試著出聲說話，喉嚨就會悶痛。可能是咳得太厲害，喉嚨有地方裂開了。

應該也只是因為這樣，掌心才會佈滿紅色斑點。

就只是這樣。

雖然心知肚明不是這樣，但成親平時的語調，讓敏次這麼相信。

昨晚作的夢，猛然閃過腦海。

獸身人臉的東西，用缺乏抑揚頓挫的聲音說的話，在耳底迴響。

——以此骸骨為礎石，將會打開許久未開的門吧……

「……」

他以為自己作了夢，也認定那是夢。

然而，那絕對不是夢。

所謂的骸骨，指的是自己。

敏次知道那東西是什麼，他在幾份文獻裡看過。

牛身人面，會宣告預言的妖怪。

是件。它的預言絕對會靈驗。

那麼，自己將成為骸骨嗎？這麼快就要渡過隔開現世與那個世界的河川了嗎？

黯淡、冰冷的東西湧上胸口。
我要死了嗎？——我好怕。
呼吸越來越淺、越來越快。
為什麼會變成這樣？為什麼魂會跑掉一半？原因是什麼？
不要啊，我還有好多不知道的事、好多想做的事。
哥哥十八歲就死了，如果連我都先死了，父母會多麼難過啊。
他想到從以前就對自己有所期待的行成，還有每次去拜訪時，都目光閃亮、笑得很開心的那個——
「……敏次大人！」
尖銳的叫聲拉回了敏次的思緒。
安倍昌浩對他深深點著頭。
「陰陽頭快來了，他會帶齊必要的道具，做好準備，來救敏次大人。」昌浩從喉嚨用力發出聲音說：「所以，管他什麼件的預言，我顛覆給你看……！」
敏次邊顫抖邊傾注全副精力，緩緩地、拚命地不斷深呼吸。
昌浩眼睛眨也不眨地向他斷言：

「我……我一定會顛覆給你看……！」

忽然，敏次張大眼睛，屏住了氣息。

他盯著昌浩好一會，猛然閉上了眼睛。

「……」

不知道為什麼，安倍昌浩知道件對敏次宣告的預言。

原來他都知道。

知道絕對會靈驗的件的預言。

獨自承受這件事，太沉重、太冰冷、也太可怕了——他好想哭。

「……」

閉上的眼睛熱了起來。

既然昌浩知道，那昌浩旁邊的成親應該也知道。或許不在現場的老二昌親也知道。

他們的感情非常好，是令人羨慕的三兄弟。

每次看到他們相處的樣子，敏次就會想起已經死去的哥哥，把淡淡的愁緒埋入胸口深處。不覺中，那股愁緒便一點一點盤據在心底了。

然而，這並不是他們的錯，只能怪自己湧現那樣的愁緒。

成親認識敏次的哥哥，所以，如果知道敏次有點那樣的愁緒，一定會多關注他。

那樣的關注想必很令人開心也很溫暖，但仍然無法取代哥哥的那雙手。

然而，在現在這個瞬間，知道除了自己之外還有其他人知道那個預言，稍微減輕了幾乎壓垮他的心靈的沉重壓力。

嚴酷的現實毫無改變，他卻有種從絕望深淵被救起來的感覺。

在現實上、在心情上，自己都不是孤獨一人。

「……」

忽然，敏次察覺一件事，淡淡一笑，緩慢地動起了嘴唇。

「咦，什麼事？」

只看到他嘴唇在動，聽不見聲音。

放棄聽聲音，改成仔細看嘴唇形狀的昌浩，半晌後微微瞪大眼睛，笑得滿臉皺紋。

「是……對不起……我會小心我說話的語氣……」

在旁邊看他們的成親，眨了幾下眼睛，苦笑起來。

「真是的，都這種時候了。」這麼動著嘴巴的成親，用一隻手掩住了眼睛。

敏次是閉著眼睛點頭，所以沒看到抓著膝蓋的昌浩，因為雙手抓得太用力，把狩

褲都抓出了縐摺的樣子。

響起樹木的傾軋聲。入口處敞開，進來了好幾道氣息。

同時，傳來兩個人從敏次旁邊站起來的動靜。

敏次握緊了雙手。

說不害怕是騙人的。

但他是陰陽師。

怎麼甘心就這樣死去呢？

絕對不可以輸給件的預言。

小怪的陰陽講座

①和服的外層與裡層的顏色搭配稱為「襲色」，種類繁多，譬如春天的「櫻襲」是外層白色、裡層紅紫色，而冬天的「冰襲」是外層白色有光澤、裡層也是白色但無花樣。

2

位於陰陽寮一隅的陰陽部，裡面有個走廊環繞的書庫，緊閉的格子窗與木門外，都貼著好幾張靈符。

滿臉緊張的昌浩，端坐在面向通往其他部署的走廊的木門前。後面的格子窗下面，也有陰陽師端坐在那裡。

昌浩緊握在膝上的雙手，握得太用力，都發白了。

垂著頭的他，看到有人的腳出現在視野裡，緩緩抬起了頭。

「昌浩，沒事吧？」

是二哥昌親。他的氣色也沒比昌浩好到哪裡去。

「沒事。」這麼回答的昌浩，發現自己的聲音有點沙啞。

他平靜地吐口氣，扭頭看了背後的木門一眼。

「裡面沒有異狀，所以沒事。」

藤原敏次躺在書庫裡，被插在四個角落的祭神驅邪幡和注連繩②包圍。

昌浩垂下了視線。

今天早上的情景在腦中浮現。

◇◇◇

當時，恐怕只有昌浩看到從敏次嘴巴飛出了白色的蝴蝶。

剛倒下去的敏次，心臟其實停止過一次。

包圍他的寮官們一發現，立刻讓敏次仰躺，其中一人跨坐在他身上，全力按壓他的胸部正中央。以一強一弱的力道，以及跟心跳同樣的速度，不斷重複按壓。不這麼做的話，血沒辦法流到頭部，氣的循環就無法遍及全身。

氣的循環停止，人就會死亡。氣息、血液的流動，都是為了讓氣在體內不斷地循環。

有人跑去找藥師，有人跑去報告陰陽頭，其他人都大聲叫喚敏次的名字。

猛然回神的昌浩，趕緊拍手擊掌。

「一二三四五六七八九十。」

昌浩清楚看見充斥周遭的陰氣，正企圖拖走殘留在敏次體內的魂魄。

再拍手祓除那些陰氣後，昌浩集中全副精神大叫：
「布瑠部、由良由良止、布瑠部……！」
原本動也不動的敏次的手，這時候稍微動了一下。
跨坐在敏次身上的寮官，停下按壓的手，觀察狀況，感覺到微弱的心跳。
據說是可以讓死者死而復生的「布瑠之言」，把快要脫離軀殼的敏次的魂魄勉強留住了。
當然，因為有寮官不斷促進血液循環的努力，以及叫喚敏次的名字的人們的聲音，才能讓「布瑠之言」在緊要關頭發揮效用。
想也知道，少了他們，光靠言靈會來不及救敏次，導致最壞的結果。
但是即便重新開始呼吸、脈搏跳動，敏次還是處於危險狀態。
敏次被抬到木板上送往陰陽寮，放在比較安靜的書庫裡。
這時候，陰陽頭趕來，一看到敏次便大驚失色，說要準備施行法術，就轉身離開了。
收到把書庫裡的東西搬去其他地方的命令，陰陽部所有的人都動了起來，接到通知的成親就在這時候趕來了。
聽完寮官報告詳細情形後，成親知道陰陽頭打算做什麼，便指示昌浩以外的陰陽

部寮官，搬完東西就先回去做平日的工作。

淨化書庫、佈設維持清淨的結界後，成親邊聽昌浩說明原委邊守護現場，等陰陽頭回來。

做好準備回來的陰陽頭，對敏次施行了停止時間的秘術。

法術順利生效，敏次的心跳和呼吸都停止了，墜入深沉的睡眠。

現在的敏次，處於比嬰兒更沒有防備的狀態。

成親佈設的結界十分堅固，應該不會有異形或亡魂之類的東西潛入掉了半條魂的地方，但任何事都沒有絕對。

陰陽頭忙著施行法術時，成親決定安排陰陽師和陰陽生，在敏次跑掉的魂回來之前輪流看守他。

遵從皇上聖旨巡邏京城已經夠忙碌了，現在又多了一項沉重的任務。但是，沒有人發牢騷埋怨。

沒想到會在這種時候，證實敏次這個人有多麼深厚的人望。

目前是每四個時辰輪班三次，兩人一組輪班。一個在書庫的入口前、一個在書庫唯一的格子窗前，分別動也不動地看守。

被選出來輪班的人都是在陰陽師和陰陽生中靈力特別強的人。

沒有人對昌浩中選有異議。

昌浩和另一名陰陽師被排在第一班。

陰陽師主動說要去看守幾乎沒有人會去的格子窗，昌浩便坦然接受他的提議，去了木門前。

◇　◇　◇

「哥哥……」

「嗯？」

昌浩問歪著脖子的昌親：「現在是什麼時刻？」

「申時差不多過了一半吧。」

「是嗎？」

那麼，在陰陽博士的召集下，從陰陽部所有寮官到齊後，到現在已經過了一個半時辰了。

不覺得時間過了那麼久，是因為太多事情一直在腦中轉來轉去嗎？

「哥哥，你來這裡做什麼？」

「啊，是大哥拜託我來的。」

現在陰陽部真的是人手不足，所以，成親拜託天文部和曆部的人來替換，讓陰陽部的人稍微休息一下，去喝喝水、稍微放鬆身體。

「哥哥深深鞠躬拜託天文博士和曆博士，被博士們罵了一頓。」

「咦？」

昌親瞇起眼睛，對瞠目結舌的昌浩說：

「不用他拜託，博士們本來就打算這麼做了，所以很氣他那麼見外。」

最生氣的是曆部的人，他們板起臉逼問成親：「你這個前曆博士，到底把我們想成什麼樣的人了？」

「哦……」

昌浩不由得笑出來。

以前哥哥動不動就溜出來，他被曆生追著跑的模樣閃過腦海。

「你累了吧？我待在這裡，你去喝水吧。」

「不用，我不累。」

「沒關係啦，天文博士指示要讓你們定時休息，你就聽從指示吧。」

「是……」

這麼回應的昌浩，嘆口氣站了起來。身體比想像中僵硬，肌肉嘎吱作響。

在外面吹風的昌浩，吁地吐了一口氣。

天空混濁陰暗，是那種泫然欲泣的顏色。

「要下雨了嗎？」

對了，很久沒下雨了。然而，空氣卻格外潮溼，黏答答地纏繞著身體。

陰陽部周邊的樹木都委靡不振，看起來死氣沉沉。除了樹木的枯萎會增強陰氣之外，少雨也是委靡的原因之一。

陰陽部的大廳可以看到寮官們走來走去。大約一個半時辰前，所有的寮官就是聚集在那裡。前幾天夜巡時跟昌浩同一隊的日下部泰和，在昌浩被提名為看守書庫的人選之一時，一臉早已料到的表情，深深點著頭。

雖然只有泰和的反應特別強烈，但其他人也都露出贊同的表情。

也就是說，沒有一個人懷疑昌浩的能力。

在不知不覺中，大家認同了昌浩的實力。

若不是在這種狀況下，該是多麼開心的一件事。

若不是在這種狀況下，藤原敏次一定會笑著對他說：「太好了，昌浩大人。」

只要狀況沒發生任何變化，昌浩和其他陰陽師、陰陽生們，就要成天守候在陰陽寮一段時間。

暫時回不了家，所以要找誰幫忙傳話才行。

「啊，對了……」

要告訴母親自己要持續值班的事。

在大腦角落恍然想著這件事的昌浩，搖了搖頭。

命令昌浩值班的人是陰陽博士成親，但陰陽助吉平、天文博士吉昌，應該也都參與了這個決定。他們不可能不知道。

父親會告訴母親，所以不用擔心。

現在必須擔心的是，敏次的魂虫跑去哪裡了。

想到這裡的瞬間，耳朵深處似乎聽見了那個水聲。

呸鏘。

「……」

昌浩的肩膀高高地彈跳起來。

注視著走廊木板接縫的他，抓著膝蓋的手在微微顫抖。

件。

會宣告預言的妖怪。

——以此骸骨為礎石，將會打開許久未開的門吧……

敏次的生死是開啟門的鎖鑰。

他活著的時候，不會有事，但他的魂虫跟件一起消失了。這是不是表示件掌控著敏次的生死呢？

更重要的是，敏次引起的症狀，為什麼會跟文重和柊子說的病一樣呢？

不是只有眾榊的族人才會得那種病嗎？

至少柊子在說這件事時，昌浩是這麼想的。

疾病追著眾榊。追著椿、榎、楸、柊四個族人，將他們逐一消滅。

柊子和她的丈夫文重得到那種病還有道理，但應該與敏次無關啊。

「……」

昌浩甩甩頭。

真的是這樣嗎？

真的與敏次無關嗎？這會不會只是自己先入為主的想法？

敏次不是像柊子那樣被黑虫攻擊，而是被件宣告了預言。

昌浩知道，那些被逼瘋的死者，都是輸給了件的預言。

小野時守、榎豈齋、在尸櫻世界名叫屍的男孩，都是被件攪亂了命運的人之一。

說不定自己和祖父安倍晴明，也被件攪亂了許多事。

時守和榎豈齋都被預言纏身，或者說是被件逼瘋了，而葬送了一生。

件的預言會把被困住的人逼瘋。件的預言會鋪下滅亡的道路。

那麼，若不是魂虫跑掉了，敏次恐怕也會步上那些人的後塵。

敏次還沒有瘋。

還沒有牽連到誰，把其他人的命運也攪亂、扭曲。

但是感覺得到，連敏次這樣的人的心也很脆弱，正逐漸被吞噬。

昌浩把嘴唇抿成一條線。

他要救敏次。他一定要救敏次。

因為四年前的冬天，敏次也救過他。

當時，在完全密閉、沒有人可以進入的書庫裡，只有被誰刺殺倒地的藤原公任，和待在他旁邊的安倍昌浩。

任何人怎麼看都會認為除了昌浩以外沒有其他犯人了。昌浩本身也在事情發生的當下昏迷，醒來時周遭充斥著血腥味。

他低頭看自己的右手。

當時，手上沾滿了他毫無記憶的鮮血。

他被檢非違使帶走。那樣被帶走，最後一定會被當成犯人判刑。所有人都認為犯人就是昌浩，毫不懷疑。

這之中，只有一個人對他大叫。

——快逃！

是那個人融化了昌浩因衝擊而凍結的心，從背後推了他一把。

能有現在的自己，都要感謝當時敏次大叫的那句話。

所以，這次輪到自己救敏次。

雙手緊握在膝上的昌浩，很想現在就衝出去，可是他有身為陰陽寮的寮官必須負起的責任。

陰陽生要輪流看守書庫。這也是重大的責任。不管發生任何事，都不能怠忽職守，一定要全力以赴。

這是認真的敏次經常掛在嘴上的信條。現在他正躺在書庫，沉睡在時間靜止的深淵裡。

還有一個半時辰，也就是戌時，才輪到昌浩看守。

快要到盛夏了。日落是在進入戌時的兩刻鐘之後。

到昌浩可以自由行動時，正好是逢魔時刻。

到了晚上，說不定黑虫還會出來大鬧。而且京城的陰氣太強了，必須先祓除陰氣。

柊子也令人擔憂。昨天送她回到家時，她的臉色蒼白得像死人，哭得死去活來。出來接她的文重不知道她什麼時候溜出了宅院，大吃一驚。柊子只是哭個不停，沒有向丈夫解釋原因，也沒有道歉。

文重看她的神情不對勁，也不忍心責怪她，邊安撫她邊帶她進去。

昨天臨走前，他告訴文重會再來做詳細說明，所以今天必須去一趟九条的宅院。他們不是約今天，但只要牽扯到柊子，文重就會過度操心。

可是，昌浩實在不知道該不該說出所有的事。

像唱歌般不斷重複一句話的件。纏著布的女人。看著女人，嘴裡呼喊妹妹名字的柊子。

她的妹妹被收養後，與養父母一起沉入了海底，但沒有找到屍體。可能是船翻覆時被拋出去，幸運獲救了。

那麼，為什麼會跟件在一起呢？

昌浩確認了手腳能不能照自己的意思活動。

被陰氣侵蝕的身體冷徹骨髓，他只好請一天假在家蒙頭大睡。不知道是幸還是不幸，睡得非常滿足，很久沒那樣睡了。

「嗯，很好。」

知覺敏銳，身體也很輕盈。

為病倒的敏次唸誦的「布瑠之言」可以發揮超越想像的效果，最大的原因是他得

到了充分的休息，身心都復元了。
昌浩伸個大懶腰，轉身往回走。
端坐在書庫前面的昌親看到弟弟走了回來，眨了眨眼睛。
「怎麼不再多休息一會呢？」
昌浩帶著苦笑，對擔心自己的二哥搖搖頭說：
「其他人都那麼忙，我一個人休息會良心不安。」
「是嗎？」
昌親看著點個頭又坐回書庫前的昌浩，忽地歪頭問：
「咦，對了……」
「什麼？」
昌親東張西望說：「騰蛇怎麼了？他沒待在你附近呢，太稀奇了。」
「啊，小怪嗎……」昌浩望向東邊說：「我有點事要辦，請它跑一趟。」又接著說：「所以今天是一個人進宮工作，沒有任何人陪同。」
但仔細想想，沒有人陪同才是正常。
晴明就不用說了，吉平、吉昌、成親、昌親進宮工作時，也都沒有式或式神陪同。

聽到昌浩這麼說，昌親沉吟了一會，面有難色地笑著說：

「嗯，對啦，現在是這樣……」昌親瞬間望向遠處，聳聳肩說：「剛行過元服之禮時，太裳和天后也經常隱形跟著我呢。他們很愛操心，我跟他們說不用那麼做，他們還是會偷偷觀察我的狀況。」

「這樣啊……」

現在成了令人懷念的回憶，但那時昌親可是對他們的過度保護大為不滿。

天后和太裳竟然會那麼做。

昌浩不由得笑出聲來。

「是啊是啊，他們現在還是很關心我們，永遠不會變。」

昌親沉穩地瞇起眼睛，站起身來。

「有什麼事馬上告訴我，不用想太多。」

他說的應該不只是看守書庫這件事。

向默默點著頭的昌浩輕輕舉起手後，昌親不是走向天文部，而是走向與木門相反位置的格子窗，讓看守那裡的陰陽師稍作休息。

昌浩目送在走廊盡頭轉彎的哥哥離去後，繃起了臉。

在昌親提起之前，他完全忘了小怪不在身旁。

小怪一大早就被他派去竹三条宮了。

◇　◇　◇

正在縫衣服的藤花，瞄一眼蜷著身子睡覺的小怪，抿嘴一笑。

有多少年沒看到小怪這樣在旁邊縮成一團的樣子了？

小怪很久沒來竹三条宮了。

上個月月底，昌浩曾應邀來參加螢火蟲之宴，但小怪沒有同行。

最近似乎越來越常這樣了。因為昌浩有過種種經歷，又在播磨度過了修行的日子，所以有了顯著的成長。

確定附近沒有人後，藤花才悄悄開口叫喚。

「喂，小怪。」

沒有回應，但小怪的白色長耳朵動了一下。

「昌浩是不是很忙？有沒有好好休息呢？」

「喔。」有了簡短的回應。

藤花眨眨眼睛，注視著小怪。張開一隻眼睛的小怪，不耐煩地點頭稱是。

「該休息就會休息。」

「是嗎？」

藤花露出放心的表情，鬆了一口氣。

「晴明大人不在，雖然大家嘴巴不說，其實心情都很沉重。所以，麻煩轉告昌浩，有空時，請撥冗來看看公主。」

這次小怪沒有回應，只啪噠甩了一下尾巴。

藤花瞇起眼睛，又開始動起針線來。

這是皇上賜給脩子的綢緞。是秋天的顏色，命婦交代她趁現在先縫好。

窩在房間裡縫衣服是很快樂的事。她總是一針一線縫得很用心，希望脩子穿上她做好的衣服時，會笑得很開心。

藤花的手藝原本就不錯，最近磨練得更好了。除了脩子的衣服之外，連命婦的衣服也越來越常交給她做。

命婦還曾經用冷冷的語調稱讚她，說她做的衣服很軟、很好穿。

做完這一件，就替自己做一件吧？藤花這麼想，呼地喘了一口氣。

放在房間角落的整理盒裡，有蓋著布的綢緞。

前幾天來訪的左大臣帶來了許多高級的綢緞，說要給這裡的侍女們。

不只藤花的份，數量多到竹三条宮所有的女人都分得到。命婦面不改色地向左大臣致上了謝意。

資深的侍女們先選走了喜歡的顏色和柔軟的料子，剩下的留給了藤花。

藤花心想是不是該在左大臣下次來訪之前，把衣服縫好，穿給他看呢？

可是，左大臣每次來竹三条宮，她都覺得壓力很大。

她掀開用來防灰塵的布，拿起綢緞，攤開來撫摸表面。光滑、柔軟的高級布料，應該是特地為她準備的。

但是，送布料來，根本只是藉口。

左大臣道長一定會帶年輕貴公子的文章或詩歌來。

來竹三条宮擔任侍女時，脩子對藤花下了幾道命令。

其中一道是不可以出現在殿上人③之前。

道長是殿上人。因為有脩子的命令，所以左大臣來訪時，藤花當然認為自己應該

退到後面。

但是左大臣會對脩子說：

「與安倍晴明有親戚關係的侍女，為什麼沒有隨侍在側呢？」

脩子很訝異他為什麼這麼問，道長就厚著臉皮這麼回答：

「老實說，我家的大女兒，就是現在的中宮，要入宮時，我曾找晴明商量，可不可以讓那個女孩當我女兒的侍女。晴明以她年紀還小為由拒絕了，但我一直記得她聰明伶俐的那張臉。

我也聽伊勢齋宮的恭子公主說過，那個女孩真的非常非常用心在侍奉公主殿下，現在也在這裡當侍女。所以，我想好好讚賞她，並且聽聽她說公主殿下在伊勢度過了怎麼樣的生活。」

脩子和命婦都相信了左大臣說的話。不過，本來就沒有任何懷疑的理由。

他的大女兒要入宮時，他召集從全國遴選出來的女孩給他的女兒當侍女，這是眾所皆知的事。在候選人當中，有來自橘家的晴明的妻子的親戚也不足為奇。很可能就是因為她身分低微但血統再純正不過，才看上了她。而且既然是晴明的親戚，就比隨便一個地方長官的親戚更值得信賴。

既然左大臣認識藤花，脩子只好百般不情願地叫風音去把藤花找來。

藤花從來找她的風音口中聽到這件事，也驚訝得不知所措。

她萬萬沒想到，有一天會在脩子和命婦面前與父親面對面。

藤花掩飾著心裡的不安來到現場，在廂房坐了下來，行個禮，左大臣便微微張大眼睛，綻開了笑容。

——好久不見了，還記得我嗎？

滿臉緊張地抬起頭的藤花，看到想念的父親的眼睛閃爍著慈祥的光芒，差點掉下淚來，趕緊低頭扣拜。

——她變漂亮了呢……

左大臣百感交集地低喃，脩子的直覺似乎嗅到了什麼，說話時加強了語氣。

——左大臣，她是我的侍女，我不會把她讓給任何人的。

聽到這句突如其來的話，左大臣驚慌失措，詫異地回看脩子，但很快就換成了理解的表情。

——是的，請放心，侍奉中宮殿下的侍女已經夠多了。

道長似乎以為脩子是擔心他會要求把藤花送去當中宮殿下的侍女。

其實並不是，但道長這句為了討好脩子所說的話，等於是保證藤花絕對不會跟皇宮扯上關係。

有了這句話，就不必擔心道長會對皇上或藤壺中宮說什麼，脩子也放心了。

然而，同席的命婦也是在這個時候，對左大臣特別關心的藤花產生了懷疑。

那之後，左大臣藤原道長就特別關切藤花。因為她是晴明的遠親，所以道長一直對她比對其他侍女好。

久而久之，大家就這麼想了。

小怪的陰陽講座

②用來代表祭神場所的稻草繩，日本新年時會掛在門前。

③可以進入清涼殿的官員。

3

藤花把布料重新捲起來，觀看寢殿的狀況。

寢殿的主人不在，屋內鴉雀無聲。

藤花把布料放回整理盒，蓋上防塵布，站起身來。

「怎麼了？」

小怪猛然豎起一隻耳朵，張開一隻眼睛問，藤花淺淺一笑說：

「我想去打掃主屋，插上迎接的花。」

「哦。」

小怪要爬起來，藤花對它揮揮手說：

「你待在這裡就行了，我打掃完馬上回來。」

小怪甩甩尾巴回應。

藤花出去沒多久，板窗外就傳來了聲音。

「怎麼了？騰蛇。」

小怪悄然無聲地爬起來，跳到拉開的上板窗的邊框上。

穿著侍女服裝的風音，弓起一邊膝蓋坐著，背靠在柱子上。

小怪翩然跳落到她旁邊。

「你一大早就突然跑來，一直待在藤花旁邊……不用守在昌浩附近嗎？」

小怪約在辰時剛過就來到這裡，現在已經快進入申時了。

「不用，是他要我來的。」

「昌浩嗎？」

小怪大略說明了昨天發生的事。

側耳傾聽的風音，臉色逐漸變得嚴峻。

「你說菖蒲……？」

風音滿臉緊張，小怪也回以犀利的眼神。

「是的。」

帶著件的女人，真的是柊子的妹妹嗎？老實說，他們並不知道。

但他們認識另一個同名的女人。

小怪的紅色雙眸宛如從燃燒的夕陽擷取下來般，閃過厲光。

「我是來確認這裡的菖蒲，跟那個女人有沒有關係，但是……」
它是來看侍女菖蒲有沒有奇怪的地方、有沒有任何跟邪念或黑虫相關的蛛絲馬跡。
不是很確定也沒有關係，只要發現任何奇怪的地方，它就要馬上報告昌浩，思考對策。
但是，意氣風發來到這裡的小怪，卻大受挫折。
竹三条宮冷冷清清，勤勞工作的雜役、侍女比平時少多了。
寢殿沒有人，空空盪盪。
連那幾隻聒噪的小妖都不見蹤影。
小怪深深嘆口氣，瞪著什麼都沒有的地方說：
「喂，既然脩子不在，你為什麼不告訴我？」
彷彿在回應它般，一道神氣降落，十二神將六合現身了。
「你問我為什麼？我哪有機會告訴你啊。」
「有吧？前天。」
六合眨了一下眼睛。
小怪說的是前天在九条的藤原文重宅院相遇的時候。

六合心想那時候哪有那種時間呢？但說了其他的理由。

「我不知道你要來找內親王啊。」

聽到他淡淡的語氣，小怪兩眼發直。

「我不是來找內親王，如果知道命婦和菖蒲也跟著她進宮了，我就不會特地跑這一趟啦，你有點大腦嘛。」

「——」

向來面無表情的六合，難得露出了欲言又止的眼神。

小怪的要求也太不合理了。

「怎樣？」

接二連三發生太多事情，連騰蛇都無法保持從容了。

「沒怎樣。」

六合搖搖頭，風音替他說：

「你來了，藤花很開心，這樣也不錯啊。」

小怪把嘴巴撇成了ㄟ字形。

這跟那是兩回事嘛。

不過，小怪沒有馬上離開，一直待在附近，藤花雖然覺得奇怪，但確實很開心。

而且，小怪沒待在昌浩身旁，表示昌浩現在沒有在做危險的事，所以，感覺得出來藤花非常放心。

她溫暖的眼神不時悄悄地投向蜷縮在旁邊的小怪，像是在確認這件事。

小怪閉著眼睛也感覺得到。

怎麼可能不做危險的事呢？

現在跟以前不一樣了，即便有危險的徵兆，小怪也不會一整天跟在昌浩身旁。必要時，它會離開昌浩，單獨行動。

但藤花還不知道這個狀況，所以思考方式跟以前一起生活時一樣。

沒有把實際情況一一告訴藤花，是因為昌浩這麼希望的。昌浩不想讓她太擔心，從很久以前開始就不再告訴她任何事了。

「昌浩還好嗎？」

接二連三發生了太多事，即便是對這些事可以做好萬全準備的陰陽師，身心也會耗損。

小怪嘆口氣，對擔心的風音說：

「昨天他抖得太厲害，我看不下去，替他準備了火盆，結果他抱了好一會。」

「現在是夏天耶。」

連風音都大為驚訝，小怪卻滿不在乎地說：

「是啊，他也跟妳說了同樣的話。」

——現在是夏天沒錯吧……

昌浩蓋著好幾件外褂，抱著火盆好一會，就那樣睡著了。

「不過，睡了一晚後，叫我來這裡，他就去工作了。」

「是嗎？那就好。」

鬆口氣點著頭的風音，露出思考的表情。

「帶著件的女人啊……」

那究竟是什麼人呢？

小怪把視線從神色凝重的風音拉開，仰望天空。

不知道是不是多心，覺得陰霾的天空更低垂了。天色看起來快下雨了，不知道能不能撐到回安倍家。

自己是無所謂，但沒準備雨具就出門的昌浩萬一淋溼就麻煩了。

雖然是夏天，淋到雨還是會冷。光是陰氣彌漫，身體就很容易發冷了，最好盡量避開外來的涼意。

身體發冷，心也會發冷。視野會因此變得狹窄，思考也會變得遲鈍。不時時警惕，就不會察覺自己變成那樣。

小怪想起昌浩爬上墊褥前抱著火盆的樣子。

身體碰觸到陰氣會發冷，是因為被奪走了生氣。人活著才有熱度。死去的人會逐漸冰冷。屍體冷得像冰一樣，是因為被死的汙穢包覆了。

季節也一樣。夏天時，氣溫上升，活著的生物都欣欣向榮。秋去冬來，被寒冷困住的生物，動作會變得遲緩，熱度被剝奪，逐漸變得冰冷。就那樣不動的話，也可能導致死亡。

就是因為沒有陽光照耀的冬天會彌漫陰氣。

陰氣彌漫，心情就會變得滯塞。寒冷會對人心造成傷害，所以人會想要火，會想要溫暖。

不過就算現在是盛夏，也經常會因為太熱而消耗體力。

不論熱或冷，太過度都會導致傷害。凡事適度最好。

神將們不怕季節的寒暖變化，但還是會受陰氣或妖氣的影響。充斥尸櫻界的邪念也是陰氣之一。神將們因為神氣被邪念連根拔除，吃盡了苦頭。

穢氣和陰氣都會侵蝕有生命的東西。

若不靠堅定的意志守住心靈，很容易就被侵蝕了，尤其一般人更容易被侵蝕。

因此才需要陰陽師。

聽陰陽師唸咒語就能安心，堅定地守住心靈。看到陰陽師注入了靈力的靈符、唸過咒語的器物，就會相信有那些東西就沒問題了。

人們擁有那些東西就覺得沒問題了，那麼，陰陽師要擁有什麼東西，才會覺得沒問題呢？

「……」

小怪搔著脖子一帶，深深嘆了一口氣。

什麼東西會讓昌浩覺得，有這個東西就沒問題了？

因為有某個東西，所以沒問題。因為有某個人在，所以沒問題。

對昌浩來說的某個東西、某個人，當然不是小怪也不是紅蓮。

往吉野方向望去的小怪，瞇起了眼睛。

那個人什麼都不必做。只要待在那裡就行了。只要活著就行了。

光是這樣，昌浩就會有勇氣，心靈就會堅強起來。

多麼希望那個人可以早點回來。

大家嘴巴不說，心裡其實都是這麼期盼著。

不是想依賴他，只是需要他待在這裡。

「……」

小怪甩甩頭，轉向風音說：

「對了，脩子為什麼突然進宮？」

而且聽說是瞞著殿上人，偷偷去的。

風音眨眨眼睛，臉色沉重。

「四天前的晚上，收到通報說皇上的狀況不太好。」

「皇上？」

小怪瞪大了眼睛，風音壓低嗓音說：

「這件事不能張揚，只有少數人知道。」

脩子收到通報，匆匆梳理整裝，便由命婦和菖蒲陪同，搭乘侍女們平時使用的八葉車④進宮。

那是使者來通報時搭乘的車子。據使者說，是藤壺中宮為了不引起注意，特別安排的。

命婦再三交代留在竹三条宮的人，不可以把這件事說出去。

皇上萬一有個三長兩短，會對皇宮造成很大的衝擊。現在是人心很容易滯塞的時候，再發生那種大事，人心會更加狂亂。

看到脩子臉色發白，一句話都不說，三隻小妖擔心地說：「我們必須安慰她。」

小妖們擺出罕見的嚴肅表情，並排坐在脩子搭乘的牛車的車棚上。

「等等，也就是說……」

小怪低聲沉吟，風音點個頭說：

「是的，菖蒲跟公主一起進宮了，這幾天都不在這裡。」

小怪來這裡，是為了確認侍女菖蒲前天早上在不在竹三条宮。

既然她進宮了，就沒辦法確認她當時在做什麼了。

出現在昌浩他們面前的女人，長得很像剩下半邊臉的柊子。

同時，昌浩還發現了一件事。那就是被柊子稱為菖蒲的女人，也長得很像在竹三

条宮工作的侍女。

「侍女菖蒲是哪裡人？」小怪問。

風音聳聳肩說：

「不知道，我對這種事沒興趣，所以沒問過。不過，可以想辦法探聽。」

「拜託妳了。」

聽著他們兩人交談的六合，黃褐色的眼睛十分柔和。他知道他們兩人不是忘了過去的事，而是逐漸跨越了。

雖然小怪和風音不會對著彼此笑，但周遭的空氣不再充滿荊棘，這是值得開心的改變。

忽然，小怪眨了眨眼睛。

「啊，對了。」

「怎麼了？」

「在吉野的晴明清醒了……啊，六合告訴妳了吧？」

風音默默微笑著。六合知道她很擔心晴明，怎麼可能不告訴她呢。

「是啊，我聽說了，真的是太好了。」

昌浩說為了讓晴明清醒，可能要借用她的力量，但現在似乎沒有必要了。

「是昌浩想辦法讓晴明醒過來的吧？」

聽到風音這麼說，小怪的表情有點苦澀。

看來六合並沒有詳細說明，晴明是怎麼醒來的。

「哦……嗯……」

小怪半瞇起眼睛沉吟，風音詫異地看著它。

「騰蛇？」

「妳稍後問六合吧。」

風音正要再問它怎麼回事時，從門外傳來好幾個聲音，還響起了開門聲。

風音站起身來。

「他們好像回來了。」

脩子把宮中侍女替她準備的衣服脫下來，換上自己的單衣，喘了一口氣。

這件穿習慣的衣服是藤花做的。

「還是藤花做的衣服最好穿。」

藤花停下折衣服的手，瞇起眼睛說：

「這件衣裳也是最高級的染色和編織呢。」

脩子困惑地歪著頭說：

「那是藤壺的中宮替我準備的衣服，可是不知道為什麼，穿著那件衣服就覺得好疲倦。」

她與中宮之間並沒有隔閡。

脩子沒帶什麼東西就趕來，住在皇宮期間所需要的東西都是中宮竭盡心力為她準備的。

當脩子陪在皇上身邊時，中宮就會待在藤壺，以免打攪他們。看準時機送上來的膳食，也排列著很多脩子喜歡吃的東西。

臨時趕製的衣服，顏色非常適合脩子。能為自己做到這樣，脩子也很感激藤花的心意。

雖然擔心父皇的病情，但是能見到好久不見的敦康和媄子，看到他們成長了不少，脩子還是很開心。

皇上的臉頰凹陷消瘦，面無血色。

呼吸很淺，連白天都半睡半醒，精神恍惚。偶爾清醒時，看到陪在身旁的脩子，就會露出驚訝的表情，笑得很開心。

父皇說母后每天晚上都會來夢裡見他，看起來真的很開心。

那個表情太過幸福，脩子反而覺得害怕。

她好怕父皇就這樣去了母后那裡，心情不安到了極點，胸口整個糾結起來。

脩子陪在皇上身旁時，命婦和菖蒲不能進入做為皇上寢間的夜殿，都待在隔著早餐間的外廊候命。

她們兩人會待在看得見脩子，或是聽得見聲音的地方，隨時準備回應叫喚。

想必命婦和菖蒲都比脩子更疲憊。

「我叫命婦和菖蒲去休息，她們有沒有好好休息呢？」

藤花點點頭，對擔心的脩子說：

「有，她們剛才都回房間了。」

命婦說脩子累壞了，對藤花和雲居千交代萬交代，才步履蹣跚地回房間。

倒是另一個人——菖蒲，有點令人擔心。

脩子的眉間蒙上了陰霾。

「待在皇宮時，菖蒲就咳得很奇怪，拿些對喉嚨好的湯藥去給她吧。」

「是。」

總管發現菖蒲的身體微恙，已經派人去請藥師了。

「待在不習慣的皇宮那麼久，一定累壞了，所以我叫她們休息一段時間。」

這時候，有個聲音插進來說：

「就是啊，為什麼皇宮那種地方，會讓人那麼不舒服呢？」

說話的是悄悄跟著脩子進宮的猿鬼。

脩子的床上鋪著墊褥，上面蓋著外褂，三隻小妖躺在外褂上。

「不管走到哪都有人在看，說有多煩就有多煩。」

「而且，到處都有不怎麼樣的妖怪，還會嚇唬我們呢，真的煩死了。」

它們的抱怨很好笑，藤花忍不住笑了出來。

小妖們會覺得不舒服，是因為陰陽師在皇宮裡佈設了好幾層用來保護皇上的結界。

多虧有以前晴明給的「辟祓除」，它們才進得了皇宮。

不管走到哪都有人在看，是因為有那麼多的侍女和雜役在宮裡工作。

即使有結界守護，裡面有那麼多人，還是難免會產生妖怪之類的東西。它們會嚇

唬小妖們，是因為它們本來就是愛嚇唬人的變形怪。

「辛苦啦。好了，公主要休息了，你們讓開點吧。」

看到佔據墊褥中央的小妖們被驅趕，脩子張大了眼睛說：

「我沒事啊。」

藤花搖搖頭說：

「不行，命婦交代過，一定要讓公主休息。晚飯前，請好好躺著。」

「命婦太會操心了。」

脩子鼓起了腮幫子，但看到藤花可怕的表情後，沮喪地垂下了肩膀。

『內親王啊，這都是為了妳好，妳要明白。』

聽見自天而降的聲音，脩子的眼睛亮了起來。

「嵬。」

停在橫樑上的烏鴉，張開雙翅，翩然飛舞而下。

飛進脩子伸出來的手裡的嵬，咕嚕咕嚕地清了清喉嚨。

『那個命婦和侍女不是也回房間休息了嗎？妳身為主人，要做他們的榜樣才行。』

「榜樣？」

脩子歪著脖子問，嵬張開翅膀滔滔不絕地說：

『沒錯，意思就是看到主人休息了，服侍的人才能安心地休息。所以，內親王啊，就算妳不覺得累，也要聽藤花的話，在晚飯前好好躺著。當然，妳可以不必睡覺，只要上床就完成當主人的任務了。』

脩子乖乖點著頭說：

「知道了，既然這是主人的任務，那就沒辦法了。」

『嗯。那邊的小東西們。』

被一隻翅膀指著的小妖們，發出了抗議聲。

「小東西？小東西是什麼意思！」

「真沒禮貌，我們可是歷史悠久的京城妖怪呢！」

「不准口出惡言！」

『住嘴！我要你們保護內親王，所以統統給我從外褂下來，排在床帳前！』

被大聲斥喝的小妖們儘管嘀嘀咕咕發牢騷，還是乖乖照做。

嵬看到它們在圍繞墊褥的床帳前坐下來，才催促脩子說：

『好了，內親王，上床吧。』

脩子雙手抱著嵬，點點頭說：

「我要嵬陪我。」

『什麼？』

沒想到脩子會這麼說，嵬露出詫異的表情。

脩子皺起了眉頭。

「在寢宮時，一直覺得好冷，現在身體裡面好像也有點發冷。」

吃驚的藤花取得許可，輕輕觸摸脩子的手，發覺她的皮膚的確比平時冰涼。

脩子嘆了一口氣。

「父皇的病情不太好，所以大家的表情都很灰暗……每個地方都冰冰冷冷，一點都不像夏天。」

光是父皇身體不好，這裡就會變得這麼晦暗嗎？很久沒進宮的脩子，不由得心裡發毛。

除了藤壺中宮附近比較明亮外，其他地方都像蒙上了陰影，特別昏暗。可能是一直陰天，太陽沒出來，所以這種感覺更強烈。

脩子現在才知道，即使是夏天，太陽沒出來，也會這麼冰涼。

「嵬好溫暖。」

脩子把頭埋入了毛色光潤的翅膀裡，烏鴉完全拿她沒轍。

『只好這樣了……』

烏鴉沉重地低喃，脩子抱著它鑽進了墊褥。

「藤花，妳要一直待在那裡喔。」

「是，遵命。」

笑著回應的藤花，把折好的衣服收進唐櫃，放下了床帳。

她稍微拉開床帳，沒把床帳完全拉緊。然後，在從床帳裡也看得見自己的外褂下襬的地方坐下來。

確定看得見藤花的衣服後，抱著烏鴉的脩子深深嘆了一口氣。

忽然，從喉嚨深處湧上般的咳嗽冒了出來。

「……咯……咯……咯……」

咳了一會，等這一波靜止時，呼吸變得很困難。

疲勞頓時一擁而上，脩子閉上了眼睛。

「公主，妳還好嗎？」

聽見持續了一會的嚴重咳嗽，藤花擔心地叫喚。

沒有回音。

她悄悄從床帳縫隙往裡面看，看見脩子抱著烏鴉側躺，閉著眼睛。可能是咳嗽時動到了身體，外褂滑落到腰的地方。

龍鬼以動作制止正要伸出手來的藤花，輕輕把外褂往上拉。

猿鬼接著把外褂拉到肩上，獨角鬼拉住外褂的一角，以免嵬被蓋住。

它們爬上外褂，依偎在脩子的腳邊、背部。

沒多久便聽見四個打呼聲。

在完全拉緊床帳前，藤花往裡面瞧了一眼，看到被緊緊抱住、動也不能動的烏鴉表情複雜，半瞇起了眼睛。

藤花遵守與脩子的約定，沒有離開那裡，一直坐在床帳旁。

到了晚餐時刻，廚房的人應該會來通報吧？

暫時回不了房間，小怪會不會生氣呢？

想到這裡，藤花默默地搖了搖頭。

脩子回來了，所以小怪一定知道她必須照顧脩子。

即使什麼都沒說，小怪也總是可以把沒說出來的部分都看透透。

過了一會，白色毛團悄悄然地出現了。

夕陽色的眼眸，帶著「我就知道是這樣」的眼神，輕輕聳起了肩膀。

猛然抬起下巴的動作，是在說「我要走了」吧？

藤花點點頭，動動嘴唇表示「對不起」。

小怪豎起耳朵，似乎在說不用介意。

「……」

藤花把「昌浩」兩個字吞下了喉嚨深處。

然而，小怪似乎從藤花的眼眸裡看到了什麼。

點著頭的小怪，表情看起來好柔和。

白色異形咚地往外廊地面一蹬，轉眼間就不見了。

目送它離去的藤花，覺得一股暖意湧上心頭。

「沒事……」

她的雙手在膝上輕輕交握。

脩子不在時，左大臣又來了，留下了給公主的珍貴畫卷和扇子。

左大臣是少數知道皇上龍體欠安的殿上人之一，明知脩子不在，卻趁這時候來訪。
表面上當然是送畫卷來給脩子。
順便把寫著詩歌的扇子帶給藤花。
這件事不久就會傳入命婦耳裡吧？
恐怕會被冷漠地對待一陣子。
藤花可以理解左大臣的心意。身為父親，難免會顧慮她的幸福。
父親並沒有錯，只是道長的願望與藤花的心願大相逕庭。
——藤花，妳要一直待在那裡喔。
剛才脩子說的話又在耳邊響起。
雖然知道她說的不是那種意思，但藤花還是輕聲低喃：
「是，我會永遠待在這裡……」
想去的地方只有一個。
不論怎麼期待，都不可能去了，所以她要永遠待在這裡。
總有一天，左大臣也會死心吧？
她這麼期盼。

聽到夜晚的蟲鳴聲，脩子猛然張開眼睛。

床帳外一片漆黑。

她急匆匆地爬起來，躺在墊褥上的小妖們都骨碌骨碌掉下去。

「啊，對不起。」

草草道歉後，她鑽出床帳，看到正在點亮燈台的藤花。

「藤花。」

燃起的橙色火光，照亮了藤花的臉。

「妳醒了啊？公主。」

脩子點點頭說：

「幫我準備硯台和紙張。」

「公主？」

突然接到這樣的命令，藤花困惑地歪起了頭。

脩子只穿著單衣，走向了矮桌。

「我要寫信，寫完後，馬上派人送信。」

怕剛起床的脩子著涼，藤花先幫她披上外褂，再去準備硯台和新的紙張。

點燃矮桌旁的燈台，照亮整間主屋後，藤花重新替脩子整理衣服。

「公主，妳要寫信給誰？」

脩子邊打開硯台盒，邊正經八百地回答：

「我要送到吉野給晴明。」

聽見這想也想不到的回答，藤花瞪大了眼睛。

◇　◇　◇

閉著眼睛的菖蒲，聽見房間外的叫喚聲，抬起了眼皮。

她一回應，同樣是侍女的藤花就拿著蠟燭打開木門進來了。

她將蠟燭放在燭台上，正坐在墊褥旁。

「妳的身體還好嗎？菖蒲。」

菖蒲枕邊有個托盤，上面擺著一個碗，那是白天時藤花送來的湯藥碗。

碗已經空了。

「對不起，藤花，我好像累壞了……」

說到這裡，菖蒲背過臉去，用手掩住了嘴巴。

響起重重地咳嗽。

菖蒲咳得像是要把卡在胸口的東西咳出來。藤花拍著她的背，擔心地斜眼看她。

「如果很嚴重，我就拜託總管去請藥師……」

菖蒲徐徐搖著頭。等一波咳嗽過去，她才滿臉倦容地喘口氣，坐起上半身。

「只是偶爾會咳個不停而已，不是很嚴重。」

藤花並不知道，皇上也咳得很嚴重，每次都會咳到耗盡體力，全身癱軟。

在隔著早餐間的外廊候命時，菖蒲不時聽見皇上的咳嗽聲。

「命婦和公主呢……」

藤花微微一笑，對擔心的菖蒲說：

「請放心，她們兩人也都有好好休息。」

命婦還沒有走出房間，想必是累壞了。去探視的侍女叫她，也都沒有回應。

為了謹慎起見，藤花請小妖們去房間裡看看，小妖們說命婦發出深沉的打呼聲，睡得很熟，不必擔心。

脩子的食慾不太好，所以吃完晚餐後，馬上被趕上了床。

不只藤花，連風音都要她上床，她又抱著嵬，很不甘願地鑽進床帳裡。

「現在是什麼時刻呢？」

菖蒲因為一直躺著，完全失去了時間的感覺。

「我想……過戌時很久了吧。」

「我睡了很久呢。」

藤花搖搖頭，對皺著眉的菖蒲說：

「請妳繼續休息，我只是來拿托盤而已……啊，還是我幫妳拿什麼來？妳一直在睡覺，也沒吃晚餐吧？」

「不用了，謝謝。」

微笑的菖蒲忽然噗哧笑了起來。

「我見到了藤壺中宮呢。」

突然冒出的這個名字把藤花嚇得心臟狂跳。

「咦……」

看到藤花啞然失言的模樣，菖蒲得意地瞇起了眼睛。

「呵呵，很驚訝吧？我也沒想到中宮殿下會跟我說話，嚇得說不出話來。」

中宮的確跟她說話了，但是，身為后妃的中宮當然不可能親口跟她說，是隨身侍女轉達了中宮說的話。

菖蒲緊張到全身僵硬，是命婦落落大方地替她回話。

「中宮殿下說因為我把公主侍奉得很好，所以皇上非常高興……稱讚了我呢。」

看起來真的很開心、很驕傲的菖蒲，臉上泛起了紅暈。

藤花卻是滿臉蒼白、緊繃，勉強點著頭。

「是……嗎？」

「藤花？怎麼了？妳的氣色……」菖蒲擔心地問。

藤花勉強擠出笑容說：

「沒想到有這種事，我太驚訝了……妳是說……藤壺中宮跟妳說話了？」

像是再次確認般，藤花一個字一個字咬得很清楚，菖蒲用力點著頭。

「中宮殿下打開扇子遮住了臉，所以我看不清楚她的臉，但是她那雙眼睛又美麗又清澈。」

忽然，菖蒲眨了眨眼睛。

「仔細看，妳的眼睛好像跟中宮殿下有點像呢。」
「咦……」
心頭一驚，趕緊撇開眼睛的藤花，極力裝出鎮定的樣子。
「哦，是嗎？我怎麼可能像中宮殿下呢，太不敢當了……」
聽到藤花說得那麼謙虛，菖蒲呵呵笑了起來，邊笑邊輕輕咳嗽。
「對……對不起，一放鬆就不行。」
菖蒲呼地喘口氣，躺下來了。
「可是，我真的覺得妳的眼睛跟中宮很像。」
雖然用扇子遮住了半張臉，還是藏不住艷光四射的美麗，彷彿從衣服下也透出了光芒。
「好羨慕妳跟那麼漂亮的人長得像。」
打從心底這麼想的菖蒲又說了一次，藤花苦笑起來。
「我覺得妳也很美啊，菖蒲。」
「哎呀……藤花，謝謝妳。」
菖蒲嘻嘻笑著回應。

「我是說真的啊，菖蒲。」

「我也是真的那麼想啊，藤花。」

兩人彼此強調後，終於忍不住同時笑了起來。

「我去拿對咳嗽有效的藥。」

菖蒲的臉色有點疲倦，對拿著蠟燭準備走出去的藤花點點頭。

關上木門的藤花，按著胸口，喘了一口氣。

突然聽到那些話，她嚇得心臟都快停止了。

不知道是不是矇混過去了？幸好現在是晚上，燈台的光線比白天的陽光紅，把她失去血色的臉照紅了。

即便如此，還是被說氣色不好，可見當時的臉說不定慘白到比白紙還白。

藤花站在渡殿，做了好幾次深呼吸。

「看來她很好呢……」

悄悄低喃的藤花，微微笑了起來。

藤壺中宮健健康康地活著呢。

那是她這輩子可能再也見不到面的同父異母的姊妹。

「太好了。」

藤花的喃喃自語消失在混濁的陰霾天空。

小怪的陰陽講座

④車廂上有八葉花紋的車子。

4

「咦，那是真的嗎？」

「真的。」

把盤起來的長髮分成兩串，穿著短下襬衣服的風音，回應瞪大眼睛的昌浩。

跟平常不一樣，她在短下襬的衣服上披著深色靈布。

六合站在她旁邊，白色怪物坐在昌浩肩上。

在被灰濛濛的雲層覆蓋的天空下，他們站在西洞院大路的一隅。

那裡是前幾天昌浩他們遇見件和那個女人的地方。

昌浩來這裡看有沒有留下什麼線索，披著靈布的風音和六合突然出現在他前面。

風音披著六合的靈布，是為了避免直接碰觸到過濃的陰氣。

道反大神的女兒風音，陽氣比人類強，所以能操控強烈的靈氣，但接觸過濃的陰氣太久，身體會失去均衡，受到傷害。

健康的時候還好，但是她把昌浩一行人從尸櫻世界叫回來時，體力消耗過度，還沒有復元。

因為沒有立即性的危險，所以她本人並不怎麼在意，但六合堅持說能避開陰氣，最好還是避開，硬是把靈布纏繞在她身上。

昌浩又問了一次。

「真的嗎？菖蒲真的在宮裡？」

風音又回答了一次。

「真的啊，不過，不是我親眼看見，所以不能說絕對是。」

但是，小妖們證實，昌浩遇見那個女人時，菖蒲的確在寢宮的清涼殿，跟命婦一起待在外廊候命。

「你懷疑的話，可以問那幾隻小妖。」

它們現在應該是在脩子的墊褥旁呼呼大睡。小妖原本是夜行性，但是，跟脩子一起行動後，它們的日夜完全顛倒了。

「這樣啊……」

不太相信的昌浩低聲沉吟。

心裡有了懷疑，就會覺得記憶中的竹三条宮的菖蒲越來越像那個女人，甚至聯想

到她來當內親王的侍女，是不是有什麼企圖，但似乎是自己想太多了。

「那個菖蒲、這個菖蒲，都混淆了……」

昌浩帶著焦躁，卻不能對任何人發洩。他半瞇起眼睛，踩踱西洞院大路。

當然，風音不只是向小妖們確認過而已，也向命婦、脩子、其他同行侍女不經意地提起了這件事，確定隨時都有人跟菖蒲一起行動。

風音托著雙頰說：

「女性取花花草草的名字並不稀奇，會不會只是恰巧同名而已？」

昌浩垮著臉沒說話。

難道真的是這樣嗎？

「幸好只是恰巧，不過……」

疲憊突然倍增，昌浩的低喃透著隱藏不住的倦怠。

昌浩已經擔心了很久。想到脩子和藤花可能會發生什麼事，他就忐忑不安。派小怪去竹三条宮，也是為了調查菖蒲和那個女人是不是同一個人，並監視菖蒲的行動。

小怪在傍晚回到安倍家。發現昌浩還沒回來，它訝異地詢問拖著疲憊的身子鑽進家門的吉昌：「那傢伙是不是會晚點回來？」

這時候小怪才知道今天早上在陰陽寮發生的事。

對於藤原敏次，小怪沒有特別的想法。但是，它趕到陰陽寮，看到滿臉緊張的昌浩，就知道事情有多嚴重了。

四年前的冬天，昌浩被冤枉時，是敏次的一句話救了昌浩。小怪知道昌浩很感謝敏次，雖然從來不曾公開說過，但他絕對不會忘記這份恩情。

這個敏次被件宣告了預言，吐出了血和魂虫，倒地不起了。

除了文重和柊子之外，昌浩又多背負了敏次這條生命。背負起任何一個人的命運，都會讓雙肩承受超越想像的重大壓力。

不管任何時候，昌浩都會坦然地、認真地、專注地面對發生的事。

這是昌浩的美德，但太過認真，也經常讓他受到很深的傷害。

「對了，風音，妳來這裡做什麼？」

踱地一陣子後，昌浩的心情似乎好了一些，這麼詢問風音。

風音環視周遭一圈說：

「我來看看件出現的地方，你呢？」

被反問的昌浩，垂下視線看著剛才踩踱的地方。

「我來找找看……有沒有件的線索……」

語尾小聲到幾乎聽不見。

昌浩知道根本不可能有什麼線索。但要找到神出鬼沒的件，只能從這個地方著手。

輪到他小睡休息的時間，他都用來調查了，皇宮裡當然都查過了。

從明天開始，是十二個時辰輪三班，昌浩輪班的時間是午時到戌時。

今天交接後，他先解決幾件陰陽寮的工作，就回安倍家，換了狩衣來。

他跪下來，雙手著地。

「湧出黑水的地方就是這一帶……」

當時，來往的行人突然消失，黑色水面出現在除了他們之外，空無一人的西洞院大路。

「不久前，我曾經把水晶念珠撒在朱雀大路上。」

昌浩突然說起了這件事，風音默默低頭看著他。

「不知道為什麼，那些念珠都深深沉入了地底下。」

過了一個晚上後，他有點擔心，想去收回來。

只是撒出去的念珠，卻不知道為什麼埋入了地底深處，還帶著陰氣。

「我應該仔細思考，只是撒出去的念珠，為什麼會埋入地底下。」
那時候，昌浩彷彿聽見了誰的聲音。
——在自己來到這裡之前，一定有誰先來做過什麼。
那是從昌浩內心響起的聲音，他卻充耳不聞。
眼睛泛起厲色的昌浩，站起身來，拍掉手上的沙子。
「有人把念珠埋入了地底深處，讓念珠染上陰氣。」
「誰？」風音問。
昌浩憑著直覺，不假思索地說：
「我想是……菖蒲。」
這麼低喃後，昌浩又搖搖頭說：
「不過，我不知道那個女人是不是真的叫菖蒲。因為柊子那麼叫她，我就當作是那樣了。」
但是，昌浩的確看見了。
在被紅蓮的灼熱鬥氣擊中的黑色水面底下，聽見柊子叫聲的女人，在消失前吃吃笑了起來。

雖然沒有確切的證據，但那個女人應該就是柊子的妹妹。

做了這個結論後，昌浩心裡成立了一個假設。

不知道菖蒲為什麼會跟件在一起，但可以確定她跟智鋪眾有關係。此外，是她操縱黑虫和尸櫻界的妖怪，追捕柊子的。

菖蒲應該已經跟養父母一起死於翻船，為什麼會投靠智鋪眾呢？

正在沉思的昌浩，聽見風音用沉穩的聲音說：

「率領智鋪眾的宗主，身旁有個被稱為巫女的年輕女人侍候，會創造種種奇蹟給人們看。」

昌浩有種奇怪的感覺，眨了眨眼睛。

風音淡淡地繼續說：

「有一天，宗主不見了，在他身旁侍候的巫女也下落不明。」

昌浩的心臟狂跳了一下。

智鋪眾的宗主與巫女。

不停地眨著眼睛的昌浩，探索著那個奇怪的感覺是什麼。

他在記憶底下，搜尋文重和柊子說過的話。

——我怎麼樣都不想放手，所以……扭曲了哲理。

——是智鋪的……祭司，還有祭司帶領的人們……

幫他們扭曲哲理的人，是智鋪祭司。

但風音剛才說的不是祭司，而是宗主。

以前有人用謊言矇騙她，讓她憎恨安倍晴明和十二神將，再利用她那股強烈的負面意識。她說的是那時候的事。

「巫女創造的奇蹟幾乎可以說是神蹟，包括治好被宣佈是絕症的疾病、預言災難、拉住瀕臨死亡的人的靈魂，讓人死而復生。」

風音的眼睛變得陰暗。

「我聽從命令，做了很多、很多那樣的事，所以，什麼時候對誰做了什麼……都不太記得了。」

昌浩的心臟又狂跳起來。

柊子的妹妹是在四年前死亡。

智鋪宗主為了撬開道反聖域的千引磐石導致了那起事件，也是在四年前。

昌浩的心臟撲通撲通狂跳，喉嚨乾燥，呼吸困難。

面無表情的風音，緩緩環視周遭。

「我是來確認的。」

確認帶著件的女人，是不是從自己手上死而復生的。

「我見到就會知道。如果是，我必須親手殺了她。」

「……」

昌浩不知道該說什麼，瞥了一眼肩上的小怪，向它求救。

小怪目光嚴厲地注視著風音，表情緊繃到讓人不敢隨便跟它說話。

昌浩也漸漸明白了。

被稱為祭司的男人，是承接宗主的行為，繼續創造奇蹟。

那麼，就像宗主有巫女侍候那般，應該也有侍候祭司的人。

眾榊中的柊的族人，會使用種種法術。從柊子用驅除妖魔的樹枝來佈設結界，就可以看得出來。

曾經是眾榊之一的榎岦齋，只有一項技能強過安倍晴明，只有這項技能贏過安倍晴明。

但是，昌浩知道，那個男人是很有本事的陰陽師。雖然再也不能親眼見識到他的

本領，但昌浩碰觸過一鱗半爪。

假設、只是假設。

跟榎岦齋同樣是眾榊之一的菖蒲，會不會是因為被救活而加入了智鋪眾，像以前的風音那樣，被謊言蒙蔽了？

會使用正面法術的人，也能使用負面法術。柊子是柊之族首領的後裔，而菖蒲是她的妹妹，所以與生俱來的靈力可能跟榎岦齋一樣，或是在那之上。

忽然，風音歪著嘴，露出自嘲般的微笑。

「當時，智鋪把我當成了犧牲的棋子，所以會不會又另外找了替代我的人……」

她說到一半就停了下來，因為一直默默待在旁邊的神將，伸出一隻手把她拉進了自己的懷裡。

昌浩馬上移開了視線。

因為不好意思看，更因為她用平靜的表情、一成不變的語氣說出來的台詞，令人無比心痛。

小怪用長長的尾巴，溫柔地拍打昌浩的背。昌浩瞄它一眼，發現它的表情也像是壓抑著痛楚。

藏在心底最深處的名為後悔的痛楚，總是會像這樣，在某種預料不到的狀態下探出醜陋的臉。平時則文風不動地躲藏著，隨時等待著大鬧的機會。

胸口盤據著沉重的東西。

「這樣不好——」

昌浩喃喃說著，用力甩了甩頭。

「心情的陰暗、痛楚、沉重，全都是陰氣的關係。」

他抬起頭，握緊了拳頭。

「樹木枯萎、氣枯竭、汙穢沉滯，就會充滿陰氣。」

聽到昌浩突然吊起眉毛，加強語氣說的話，風音驚訝地扭頭看他。

昌浩狠狠瞪著烏雲密佈的天空。

「差不多該找一天解決這件事了！我現在決定了！」

「現在才決定啊？」

小怪冷不防地回嗆，昌浩瞇起眼睛說：

「就是現在囉，對不起。」

「雖然晚了一點，但不用對不起。」

「沒辦法啊，接二連三發生了太多事嘛。」
小怪甩甩耳朵說：
「高淤神不是告訴過你樹木枯萎的事？」
「唔……」
被戳中要害的昌浩無言以對。
他在嘴巴裡咕咕噥噥半晌後，斷念似地垂下了肩膀。
那個神可厲害了，一定早就看透了一切，知道他會被這種事、那種事耍得團團轉，把汙穢這件事拋到腦後。
沒來對他說什麼，可能是顧慮到狀況的嚴峻，或是等著他來做說明。
如果是後者，到現在都還沒有去拜見的昌浩，可能已經把神惹火了。
那樣就糟了。
昌浩現在才想到這個可能性。
「……」
他保持握緊雙拳的姿勢，臉色發白，開始滴滴答答冒冷汗，風音詫異地看著他。
僵硬了一會後，昌浩緩緩轉向了風音。

「呃……」

「怎麼了？」

風音疑惑地皺起眉頭，昌浩緊張地對她說：

「解決一些事後，妳可以陪我去貴船嗎？」

「咦？」

昌浩握起拳頭的手握得更緊了。

「妳是高淤神的親戚吧？拜託妳，幫我跟神說，我也有很多苦衷！姪女說的話，高淤神也不會完全不理會吧？應該不會。」

「——」

風音眨個眼睛，在沉默中思索。她跟高淤神的確算是親戚，她也很願意陪昌浩一起去。

但是，在這麼急迫、憂慮的狀態下，對昌浩來說，竟然是這件事最嚴重？

風音不禁覺得好笑。

「噗……」

用深色靈布遮住臉的她，偷偷笑得停不下來。

昌浩半瞇起眼睛瞪著風音。
「我很認真耶……」
肩上的小怪受不了地笑了起來，仰面朝天。
「唉，你無論什麼時候都很認真啊，這就是你的優點。」
「什麼嘛，連小怪都這樣。」
昌浩想起在那個夢裡，年輕模樣的祖父也是對著他笑。回想起來，高淤神也是莫名其妙地對著他笑。
被說「你很有意思」的畫面又浮現腦海。
「為什麼大家都要笑呢？我每次都很認真啊。」
小怪無聲地苦笑。昌浩瞥六合一眼，發現連他的目光都變得柔和了。
正想出聲抗議時，把頭埋在靈布裡的風音，肩膀突然靜止不動了。
嗚叫般的微弱聲響，敲打著昌浩的耳朵。
同時，現場大量湧現驚人的陰氣。
突然被丟進陰氣沼澤般的感覺襲向了所有人。身體頓時冷到骨子裡，肌膚豎起了疙瘩。太冷了，冷到身體嘎噠嘎噠發抖。

風音用披在肩上的靈布蓋住頭、臉，很快地在半空中結印。

昌浩覺得有某種看不見的東西薄薄地包住了全身。

是一股輕柔、帶點溫暖的波動。那是陽氣，他知道類似的東西，就像颯爽地拂面而過的春天的微風；就像被緊緊囚困般沉睡的生命紛紛得到解脫而逐漸清醒的季節。

來自身體深處的顫抖靜止了。

就在昌浩以及小怪、六合都被這股波動包住的瞬間，大群黑虫從暗夜裡噴發出來。

被那些黑虫咬到就麻煩了。

披著靈布的風音頂著刀印，對擺好架式的昌浩說：

「放心，它們咬上來也會被彈飛出去。」

小怪的夕陽色眼睛閃爍發亮。

「原來如此。」

昌浩的臉頰和耳朵曾經被產卵，風音擔心再發生那種事，先做了防備。

黑虫是陰氣的凝聚物。對神將來說，也是危險的存在。

從昌浩肩膀下來的小怪恢復本性，迸出灼熱的鬥氣。

周圍群聚的黑虫被火焰吞沒，瞬間化成黑炭消失了。交錯亂飛的黑虫，發出了憤

怒的拍翅聲。

迸發的灼熱鬥氣，把凝結在周遭附近的陰氣沉澱都瞬間吹走了。察覺到這個狀況的昌浩，瞪大眼睛說：

「紅蓮，直接把整個京城的汙穢都吹走！」

突然，紅蓮對昌浩怒喝一聲：

「你白癡啊！」

鮮紅的火蛇無邊無際地馳騁，吞噬了黑虫。但是新的一群又源源不斷地湧現，飛撲過來。六合的神氣把那些黑虫都吹走了。猶如在地上滑行般滑翔而來的成群黑虫，被銀槍一閃而產生的強風撕裂了。

「用灼熱的業火做那種事，整個京城都會完蛋啊！」

用火燒的確可以掃蕩汙穢，但是被十二神將火將騰蛇的業火包圍，所有的東西都會被燒成灰燼。這麼說絕對不誇張。

「啊……」

昌浩啞口無言。

那麼，該怎麼做才好呢？

充斥整個京城的汙穢很快就會再增長。汙穢一層又一層地沉澱，可以說是陰氣的具體呈現的黑虫不斷湧現。

再怎麼祓除，都無法阻止樹木的枯萎。沉澱、凝結，氣便不再循環。即便使用法術，硬是讓氣循環，不自然的東西也會在某處出現破綻，逐漸扭曲歪斜。

靠祓除沒有用。必須把汙穢、沉澱遠遠拋到某個地方，設法徹底消除，否則改變不了這種鬱悶的空氣。

也無法治療人心的滯塞。

忽然，心臟狂跳了一下，昌浩倒抽了一口氣。

他感覺到什麼。

「……？」

是視線。感覺有無數的、大量的視線，從某處注視著他們，但找不到視線的主人。

風音的靈力在昌浩附近爆裂。

大群襲來的黑虫被炸飛，破裂的碎屑如塵土般飛揚。

昌浩用袖子遮住嘴巴。吸入陰氣的碎屑，會失去生氣。

心臟怦怦狂跳。

有視線射過來。

從哪裡？

環視周遭，到處都是飛來飛去的黑虫。定睛一看，好幾具穿著破破爛爛的衣服的骸骨，從土裡爬出來了。

是傀儡。

它們就是視線的主人？

「禁！」

昌浩結印，畫出一條橫線。搖搖晃晃衝過來的骸骨，被彈向後方。

碎裂的骷髏唰地潰散消失了，連衣服都不剩。

昌浩皺起了眉頭。

「不對……」

視線的主人不是這些傀儡。

他環視周遭，忽然有種奇怪的感覺。

紅蓮的鬥氣往上噴射，幾乎到達天際，雲朵卻動也不動。好像有個地方，把灼熱的鬥氣吸走了。

感覺到貫穿腦際般的視線，昌浩仰頭望向天空。

可見範圍內烏雲密佈，厚厚的烏雲宛如凝固了。

好幾道風打在昌浩臉上。神氣與靈氣爆裂。不只黑虫和傀儡，連塵土都被捲入飛了起來。

好奇怪。

昌浩凝睛注視著天空。

引發這麼大的波動，天空卻沒有任何變化。空氣的震盪，不可能不對隨風飄移的雲產生影響。

在昌浩這麼思考時，扎刺全身的視線依然存在。

好冷，昌浩知道這種體溫全部被剝奪般的感覺。

接觸陰氣時，身體會冷到毛骨悚然。

再怎麼袚除也不會消失的沉澱。再怎麼滅也滅不完的大群黑虫。

是從某個地方冒出來的。

昌浩逐漸睜大了眼睛。

「紅蓮……」

聲音很小，但最強的神將清楚聽見了。

紅蓮邊用鬥氣漩渦粉碎轟然撲來的黑虫邊移動視線，昌浩對著他大叫：

「你可以擊破那片雲嗎？」

十二神將聽見昌浩指著天空大叫，便用行動回應他。

白色火龍濺起火花翱翔，衝向了那片雲。但是在碰觸到雲的瞬間，火龍的形體就瓦解了，像是被吸進去般四分五裂。

紅蓮的咂舌聲聽起來特別大聲。

昌浩的心臟撲通狂跳。

厚厚的雲層吞噬了火焰鬥氣，捲起漩渦，波動起伏地吸走了神將的神氣。

「……雲……」

不，不對。

昌浩的背脊掠過一陣寒慄。

那是一隻隻細小到肉眼看不見的黑虫。

白天的雲被風吹著走，雖然移動不多，但還是有在移動。只因為下沉得太嚴重，看起來像是停滯了，其實只是氣枯竭而造成的沉滯彌漫著整個京城，雲本身並沒有產

生變化。

但是，晚上的雲不一樣。晚上的雲會覆蓋整座京城，凝結不動，每天夜晚都沉悶地滯留於天空，淌著陰氣。

看起來像是從黑暗中出現的黑虫，其實是把彌漫的陰氣偽裝成雲，聚集在那裡，從上面俯瞰尋找目標。

必須把那些全部祓除，才能阻止京城的樹木枯萎。

茫然仰頭望著天空的昌浩，赫然聽見了那個聲音。

呸鏘。

昌浩驚愕地倒抽了一口氣。

他環視周遭，看到飛來飛去的黑虫前面，出現了件。

黑色水面在件的腳下擴展開來。映在鏡子般的水面上的身影，不是件。是個女人。

「……菖蒲……」

聽見昌浩的低喃，女人微微揚起了嘴角。

「妳真的是菖蒲嗎……？」

昌浩重複柊子前幾天說的話，女人用陰暗閃爍的熾熱眼神看著他。

及腰的長髮剪得整整齊齊，披在身上的布彷彿是用來遮住右半身。沒有袖子的衣服是短下襬，裸露的左肩肌肉單薄，瘦骨嶙峋。

她的打扮跟風音有些相似。不同的是布料的顏色像是用黑虫染出來的，又深又陰沉，讓人不寒而慄。

長得很像柊子的女人冷冷地笑著，緩緩舉起藏在布下面的右手。

舉到胸部高度後，她把掌心朝上，笑得更開懷了。

如黑漆般的水面，飛起了白色的東西。那東西大約掌心大小，翩翩飛舞，在菖蒲舉起的手的周邊迴旋。

沒多久，那東西翩然降落在女人手上，張大了翅膀。

不知道為什麼，昌浩看見了輕輕張合的四片白色翅膀上浮現的圖騰。

距離這麼遠，昌浩竟然清楚地看見了那麼小的翅膀上的圖騰。

那是一張閉著眼睛的臉。

昌浩用缺乏抑揚頓挫的聲音喃喃低語。

「……敏……次……大人……」

閉著眼睛的那張臉是誰，昌浩一眼就看出來了。

搖搖晃晃跨出步伐的昌浩，瞬間吊起了眉梢。

「……給……我……」

那是魂虫。

從敏次嘴巴跑出來的半條魂，與件一起沉入黑色水面消失了——

「還給我！」

往前衝的昌浩的怒吼，撕裂了轟然作響的拍翅聲。

看到昌浩激動地衝向大群黑虫，風音花容失色地大叫：

「昌浩！」

風音撞開群聚的黑虫，在昌浩後面追著跑。視野才剛掠過馬蜂的下顎，就覺得左眼附近劇烈疼痛。

她抓住深深咬住她的虫，連同皮膚一起剝掉。頓時血流如注，染紅了左邊的視野。

用靈布蓋住的脖子、肩頭，也有好幾隻黑虫攀附，感覺得出它們企圖用針刺她，但是，它們的針絕對無法貫穿靈布。

她用靈壓趕走了虫。

「昌浩，等一下！」

從往前衝的昌浩的肩頭，可以看見件站在大群黑虫的後面。黑色水面在件腳下擴張開來，下面有個倒立的女人，一隻白色蝴蝶停在她手上。

那就是昌浩如此激動的原因？

風音咬牙切齒。大群黑虫猶如濃密厚重的霧般密不透風，而她施行的法術非常單薄，鑽進那裡面一定會被咬破。

果然，黑虫全部向昌浩聚集了。

轟然作響的拍翅聲淹沒了昌浩，漆黑的馬蜂用尖牙般的下顎咬了過來。

看到撐了一陣子的波動慢慢被剝開，昌浩也意識到敵人的企圖了。

一隻鞋的事閃過腦海。被黑虫吃得精光，就會變成傀儡。

沒有任何力量的京城住民淪為傀儡，頂多只能用身體撞人。

但是，變成傀儡的人若是武藝高強，或是可以隨心所欲地操縱神般的法術，會怎

麼樣呢？

站在黑色水面上的件吃吃笑起來。

同時，倒立在水面下的女人，作勢要捏碎掌心的蝴蝶。

「住手……！」

昌浩伸出去的手，被數不清的黑虫附著淹沒了。

黑虫的重量讓昌浩單膝著地，黑虫群聚的陰氣讓昌浩的身體瞬間冰冷。

緊緊咬住嘴唇的昌浩結起了手印。

趕上他的風音，橫向一直線揮出了刀印。

黑虫被從昌浩身上剝開，彈飛出去。

就在重壓消失的瞬間，昌浩大叫：

「萬魔拱服！」

靈力迸射，把在附近蠢動的黑虫全部消滅了。

剩下的黑虫也被紅蓮的火焰燒光了。

呸鏘。

水聲迴盪。

所有人驚慌地轉移視線，看到件對昌浩冷冷一笑，無聲地沉入了黑色水面。

「等等！」

昌浩差點跌倒，伸出去的手還沒到達，件已經沉沒消失了。

掀起了幾道波紋。黑色水面蕩漾搖曳，倒立的女人也跟著不見了。

「……！」

昌浩跪下來，握起拳頭搥打地面，下垂的肩膀微微顫抖。

確定沉滯的陰氣完全清除後，紅蓮才變回小怪的模樣，跳到昌浩肩上。

「昌浩。」

聽到擔心的叫聲，昌浩沒有把視線轉向它，只是輕輕點個頭。

風音按著還在出血的額頭，單膝蹲在昌浩旁邊。

聞到血腥味而抬起頭的昌浩，看到風音滿臉是血，倒吸了一口氣。

「風音……！」

「放心，卵已經摘除了。」她微微一笑說：「因為你被咬過，所以我馬上想到卵

的事。」

「那是……」眼神溫柔的風音又對昌浩說：「昌浩，那是病倒的陰陽生的魂虫吧？」

風音也清楚看到了女人手上的白色蝴蝶。

默然點頭的昌浩懊惱地咬住了嘴唇。

魂虫果然落入了件與菖蒲之手。

「必須盡快找到他們，拿回魂虫……」

敏次被施了停止時間的法術，墜入了睡眠的深淵，為了救他必須加快腳步。

六合要扶昌浩起來，但昌浩拒絕了，靠自己的力量站了起來。

「我沒事……」

風音也想拒絕，但站起來時搖晃了一下，被六合看見。六合眉頭一皺，不容分說就把她抱起來了。

她說她沒事，想要下來，但六合抱著她就走了。

「我送妳回竹三条宮。」

「等等。」風音急忙阻止六合，望向昌浩說：「昌浩，拿回魂虫後，你可以把魂虫送回體內嗎？」

突然被這麼一問，昌浩想回答卻答不出來。

他只想著從敵人手中搶回來，從來沒想過要如何把魂虫送回敏次體內。

「做得到嗎？」風音滿臉嚴肅地接著說，「由我來找這個方法，你先取回魂虫。」

昌浩張大眼睛看著風音，她露出令人心疼的表情，平靜地笑著。

「六合，先放我下來，然後……」

風音在六合耳邊說了什麼悄悄話，沉默寡言的木將嘆著氣回應。

把她放下來後，六合抓起坐在昌浩肩上的小怪的脖子，走到離兩人稍遠的地方。

「哇，幹嘛突然抓我！」

「風音有話要跟昌浩說。」

「什麼？」

有話直接說就好了嘛，小怪露骨地表示不滿，六合一臉漠然，毫無反應。

風音確定神將們已經走開，才偷偷瞞著他們佈下了薄薄的結界。

昌浩詫異地看著她。

平時沒有特別注意，原來自己的身高已經超越她了。這樣往下看，可以操縱那麼強大靈力的她，看起來竟然這麼瘦小，感覺很不可思議。

不過，只是看起來瘦小而已，論靈力、武術，昌浩一定都贏不過風音。
「關於藤原文重和他的妻子柊子。」
風音從六合那裡聽說了文重他們的事。
「文重拜託你救柊子，柊子也求你救文重。」
「嗯，是啊。」
風音的表情往下沉。
「柊子死過一次，是智鋪祭司讓她死而復生，再把文重的魂虫放進她體內，她才恢復了原狀，對吧？」
因為怕弄錯，風音一個字一個字說得很清楚，向昌浩確認。
「嗯，我是這麼聽說的。」
「那麼……」
風音的眼睛有點僵直。
「無論要救哪一邊，都需要替代的生命。」
昌浩一時無法理解她在說什麼。
「……咦？」

他不停地眨眼睛，咀嚼那句話的意思。

「替代的生命？咦，為什麼？」

風音瞥一眼六合與被六合抓著脖子懸吊在半空中的小怪，壓低嗓音，對內心明顯產生動搖的昌浩說：

「疾病纏身的柊子已經死了。」

所以文重把斷氣的柊子交給了智鋪眾。

風音沒有見過柊子。但是，根據六合的描述，左半身損毀露出骨頭的柊子的身體，就是散發著陰氣的死亡穢物。

不必等到黑虫把她吃了，她就已經不屬於這個世界了，她是脫離自然哲理的死人。而且，可能因為死亡時間太久，也不能使用叫魂術了。所以，光是讓心臟恢復跳動、讓軀殼活起來，也不能恢復原狀。

柊子原來的魂，靠叫魂也叫不回來了。

能夠恢復原狀，一定是因為把文重的魂虫放進了她的體內。

魂虫是魂，裡面有文重看見的、文重所愛的柊子，所以成為媒介，喚醒了柊子原有的心和記憶。

「我想是因為有文重的魂虫，才能保有柊子的人格。」

柊子可以成為柊子，是因為有文重的魂虫。少了魂虫，柊子可能只會變成一般的傀儡。

那麼，有什麼東西想鑽入她體內都不足為奇，因為光有生命的空軀殼，比任何東西都更好利用。

聽完文重他們的事之後，風音就開始擔心，這會不會就是智鋪眾的企圖？

把具有柊子片段記憶的柊子的靈力保留下來，轉化成其他什麼東西。

而已經失去魂虫的文重，會慢慢步向死亡。

為了救柊子，文重會不惜犧牲性命，但是，柊子也一樣。

把文重的魂虫從柊子體內取出來，放回原處，文重就能得救，但會失去柊子。

讓柊子繼續這樣活著，不久後文重就會死亡。

所以——

「如果兩邊都想救，就要施行完整的叫魂術，必須交出替代的生命。」

昌浩的心臟狂跳起來。

他不由得轉頭看小怪。

被六合抓住的小怪，半瞇著眼睛在半空中搖來晃去。察覺到昌浩的眼光，小怪甩甩耳朵，一臉悠哉地對他揮揮手。

太好了，它沒聽見。

昌浩眨眨眼睛，這時才想到，風音佈下結界就是不想讓小怪聽見。

表情錯綜複雜的昌浩，把嘴巴緊閉成一直線。

風音甩甩頭說：

「柊子的肉體快腐爛了，應該比較偏向陰的一方。擁有強大靈力的人變成這樣，就會牽連周遭的人。」

這個道理也可以套用在風音身上。

六合會替身體還沒完全復元的風音披上靈布，就是擔心她與生俱來的陰陽均衡會被破壞，偏向陰的一方。

她的強大力量若傾向負面，對周圍的影響無可比擬。

這麼一來，藤花和脩子也會受到牽連。風音絕對不希望發生這種事。

明知有這樣的危險，她為什麼還是來了？

閃過這個念頭的昌浩，垂下視線，看到她握緊著拳頭。

她來這裡，當然是為了協助昌浩，除此之外還能為了什麼？

昌浩獨自扛起了文重的事、柊子的事、敏次的事。風音來這裡，當然是為了背負起這一切的昌浩。

「……」

看到黯然垂著頭的昌浩的眼眸，風音就知道他在想什麼了。

「我沒事啦，這個傷也很快就會好了。」

昌浩閉著眼睛點點頭，毅然決然地開口說：

「我會阻止京城的樹木枯萎，拯救所有的人。」

風音靜靜地微笑著。

他所說的所有人，一定包括竹三条宮的藤花。

昌浩就是這樣，一肩扛起了所有事。

5

先回安倍家一趟的昌浩，脫掉身上的狩衣，換上直衣。脫下來的狩衣，就隨便捲起來，塞在房間的角落。

接下來可能要值班一陣子，所以他打包了一些行李。老是回安倍家拿東西很麻煩，所以他帶了狩衣、單衣等換洗衣物，還有念珠、靈布等等。

在他打包時，天色慢慢亮了起來，世界轉成了陽氣。

到處可見樹木枯萎，飄著陰氣的狀態依然沒變，天空也還是覆蓋著厚厚的雲層。但值得慶幸的是，那不再是密密麻麻地佈滿黑虫的雲，已經恢復成原來的雲了。

他打開唐櫃和櫥櫃，抓出了好幾樣東西，把唐櫃和櫥櫃弄得亂七八糟，心想等所有事告一段落，回到家後再整理。

「最好等天亮後再小睡一會吧。」

雖然已轉為陽氣，但還有夜氣殘留，這段時間不能掉以輕心。

他決定在陰陽寮的值班室等到天大亮，再休息到換他看守書庫的午時。

父母都還在睡覺，所以他在家人用餐的西廂留下一張字條，走出了家門。

鑽過大門時，感覺旁邊有神氣降臨，昌浩停下了腳步。

接著，十二神將勾陣現身了。

「要走了？」

傍晚他回來過一次，已經把現況告訴了當時出來迎接他的勾陣。

忽然，勾陣詫異地望著坐在昌浩肩上的小怪。

「你的神氣很亂呢，發生了什麼事？」

小怪用前腳抓著耳朵一帶。昌浩抓著它的脖子，把它遞給勾陣。

「我先走了，詳情請問小怪。」

昌浩把小怪放在勾陣肩上，就快步走開了。

在勾陣肩上調整姿勢的小怪，用前腳指著昌浩說：

「勾，追上他。」

勾陣聳聳肩，默默踏出步伐。

才剛走出門外，勾陣就繃起臉，停下了腳步。

看到她瞬間緊繃起來，坐在她肩上的小怪皺起了眉頭。

「勾？」

勾陣追上走在前面的昌浩，緊張地問：

「昌浩，這個情形是從什麼時候開始的？」

「咦？」

突然被這麼問，昌浩訝異地看著她。

「這個情形？咦？哪個情形？什麼啊？」

大概是看出昌浩摸不著頭緒，勾陣把視線轉向小怪。

「騰蛇，你沒有發現嗎？」

出乎意料的強烈語氣，把小怪嚇得不知所措。

「啊？」

「我問你是不是沒有發現？」

又被逼問的小怪，疑惑地歪起了頭。

「妳在說什麼啊？說清楚嘛。」

「我是問你……」

勾陣的語氣更急了，但看他們兩個人的樣子是真的很疑惑，就把話吞進了肚子裡。

表情嚴峻的她按著額頭，嘆了一口氣。

黑曜石般的雙眸，顯然泛著急躁的神色。

「咦……？」

困惑的昌浩環視周遭，檢查有沒有什麼異狀。小怪也是。

勾陣合抱雙臂，按著嘴唇，陷入了沉思。

坐在她肩上的小怪和昌浩面面相覷。

昌浩數了五次呼吸後，勾陣才開口說：

「昌浩，你趕時間嗎？」

「呃……有很多事要辦，不過，巳時前趕到陰陽寮就行了吧。」

現在應該還不到卯時，離巳時還有整整兩個時辰。

昌浩原本打算利用這兩個時辰小睡一下。

「集中精神去感覺。」

環視周遭的勾陣臉色沉重。

「龍脈有問題。」

昌浩和小怪花了一些時間才了解她要說什麼。

「咦……呃……？」

龍脈是循環於大地內的氣流。這道氣流就是大地神氣的流動。以前，有過全國長期陰雨綿綿的日子。長時間下雨加上京城地震頻發，便出現了金色的龍興風作浪。

「龍脈……就是……地脈……」

昌浩慌忙搜尋氣的流動。

他蹲下來，把掌心貼在地面。

「……有問題嗎……」

他聽勾陣的話集中全副精神去感覺，但不覺得哪裡有問題。起碼，他沒有感覺到。

「喂，小怪，有那麼……」

他想徵求小怪的意見，但說到一半就閉嘴了。

坐在勾陣肩上的小怪表情緊張，屏住了氣息。

它甩一下白色尾巴，低聲沉吟：「太大意了……」

勾陣的眼神更嚴峻了。

「陰氣太強，連地底深處都受到了影響。」

聽到這句話，昌浩心跳加速，不由得站了起來，環視周遭。

「總不會……又跟那時候一樣天搖地動吧……」

那隻瘋狂的金色龍再出現的話，可不是開玩笑的。

勾陣搖搖頭說：

「不知道，但是必須趁現在恢復均衡，否則很可能重蹈覆轍。」

昌浩抱著行李的手，不自覺地更用力了。

忽然，小怪仰望天空說：

「雲層變厚，水氣增加……是不是快下雨了？」

昌浩也跟著它仰望天空。

很久沒下雨了，草木枯萎，大地也乾涸了。

「下雨的話，溼氣會不會稍微減緩樹木枯萎的現象呢……」

喃喃低語的昌浩，突然覺得一團寒意梗在胸口。

不，等等，不對，不是那樣。

昌浩注視著小怪的眼睛。那對夕陽色的眼眸，閃爍著多麼嚴厲的光芒啊。

他再次仰望天空。

大氣如此傾向陰氣，會使人們的心窒塞，逐漸偏向陰的一方。

昨晚的情景浮現腦海。

誰能保證那片密密麻麻聚滿黑虫的雲，沒有餘留的殘渣呢？

「……雨……」

心臟撲通撲通狂跳。

雨將從陰氣彌漫的大氣，降落到龍脈逐漸失衡的大地。

通常，雨等同於淨化，清淨的水可以沖掉所有的汙穢。

但是，假如是骯髒的水，會怎麼樣呢？

水在天上會吸滿天上之氣，掉落地面便會浸染大地之氣。

當天地都傾向陰的一方，充斥著陰氣，雨就只會含帶冰凍的陰氣。

那麼，即將落下的雨，會成為沾滿陰氣的汙穢之雨，使已經混亂的氣脈更加失衡。

樹木枯萎，氣枯竭。汙穢之雨又要降落在已經汙穢的京城。

「可是……為什麼龍脈會……」

昌浩臉色發白，勾陣搖搖頭對他說：

「龍脈混亂恐怕也是因為樹木的枯萎。氣枯竭，汙穢增加，便會一點一點注入在

地底下流動的龍脈。」

原本絕對傳不到地底下的東西，因為汙穢的時間過長，傳到了地底下。

不過，若是微小的量，大地會啟動本身的自淨作用，不會有問題。

換言之，已經進展到光靠自然淨化會來不及處理的階段了。

昌浩一心想解決充斥京城的汙穢，竭盡了全力。

滿滿的汙穢使人心窒塞。人心混亂，天也會混亂。必須在那之前解決。

但是，他完全沒考慮到大地的地脈的流動。

昌浩不在的期間，曾驅散過京城汙穢的風音怎麼樣了呢？是不是已經察覺了呢？

不，若是察覺了，昨晚遇見她時，她應該會提起這件事。

關於龍脈，風音什麼都沒說，可見連她都沒有察覺。

所有事就是這麼緩慢地、無聲地、悄悄地、偷偷地發生了。

但是，的的確確——在進展中。

「……」

彷彿有冰冷的手撫過全身，瞬間起了雞皮疙瘩。脖子一陣寒意，從背脊掠過。

突然，昌浩的耳朵聽見了水聲。

呸鏘……

那不是現實中的聲音。

像是某種象徵、某種徵兆。視野裡映出了因水滴淌落而在水面掀起的波紋，但那只是感覺。

水滴。水。波紋。預言。

這些字眼在大腦裡骨碌骨碌打轉，徹底攪亂了昌浩的思緒。

「龍脈……」

當時的事從記憶中被翻了出來。

京城地底下有無數的地下水脈。水很容易沾染陰氣。水脈底下還有流動的氣脈，如同流遍日本這個國家身體的鮮血，可以說是支撐根幹的神的脈動。

「以前……」昌浩臉色蒼白，喃喃說道：「長期下雨……龍脈大亂……」

所以他們去了伊勢。

當時，支撐國家的地御柱被邪念覆蓋，龍脈確實因此發狂了。

對，大地之亂會波及上天，所以雨下個不停。

那麼，那場雨是從什麼時候開始下的呢？

昌浩心跳加速，想起來了。

對，遠在那之前就開始下了。

不是下在京城，而是下在遙遠的西國奧出雲。那場雨沾汙了出雲之地。

「……」

昌浩摀住了嘴巴。

啊，對了。

汙穢是陰氣。遮斷陽氣，傾向陰的一方，大地就會荒蕪、汙穢。

出雲、伊勢分別有國津神、天津神坐鎮。那些地方不斷荒蕪、大氣混亂、汙穢。

心臟怦怦狂跳。

那之後，異境之地也發生了戰爭。魔怪之間彼此爭戰，血流成河。

禍源是人類。是墜入邪門外道的人類的所作所為。

閃過腦海的情景讓昌浩屏住了呼吸。

墜入邪門外道，不就是徹底沾染陰氣嗎？

心臟每狂跳一下，腦海就會浮現某個情景。

不知不覺中，身體顫抖起來了。

那麼，說不定……

強烈到手刃親人的情感。

被預言煽動的劇烈憎恨、淒厲的怨懟。

說不定全都是傾向負面、傾向陰的一方，因而失去平衡，導致狂亂。

從很久以前，國家的各個角落就經常有事發生。

「唔……」昌浩發出驚愕的微弱叫聲，倒抽了一口氣。

那朵幽幻之花，在他張大的眼眸深處，翩然飄過消失。

遠方某處響起了呸鏘水聲。

那聲音可能不只傳到人界，還傳到了其他全然不同的世界吧？

從以前就是這樣，傳達方式神乎其技。

心跳在耳底吵個不停，撲通撲通狂奔疾馳。

宛如慘叫。

這段時間，一直不斷有事發生。

每次發生事情，昌浩或晴明都會全力阻擋、防堵，祓除汙穢、消滅妖怪，保持陰

陽均衡。
有時會受傷、有時會消耗生命力，但他們還是全力以赴，拚了命去做。
心臟撲通撲通狂跳。
昌浩不寒而慄。
現在他才想到。
長久以來因為某人的陰謀，大地總是處於汙穢的狀態。大地被汙染，陰氣增加。
這麼做到底是為了什麼？
昌浩終於察覺了。
而今，京城已然充斥著汙穢。
這片大地上有某種存在。這裡有某種存在。這裡有某個人存在。
這裡可以說是人心的避風港，是現人神⑤坐鎮的國度。
狂奔疾馳到吵翻天的心臟，忽然冷卻下來。
但是，皇上自從失去皇后定子以來，便失去了活下去的力氣——
「……」
昌浩的臉色白到不能再白了。

那些真的都是昌浩突然閃過腦海的想法，沒有任何根據。

是的。只是因為發生了太多事，所以有「說不定是這樣」的不安，感覺每件事好像都有關聯。

只是覺得，所有事似乎都巧妙地散佈在某人鋪設的一條道路上。

若不是這樣，延伸至今的這條路，也未免太恐怖了——

「喂，昌浩……」小怪的聲音打破了沉重的寂靜。

張大眼睛、臉色蒼白、沉默不語的昌浩，神情看起來非比尋常。

「昌浩，振作點。」

小怪跳到昌浩肩上，用長長的尾巴拍打他的背部好幾下安撫他。

勾陣盯著昌浩，露出罕見的擔心眼神。

「……」

昌浩閉緊嘴唇、全身僵硬，勉強點個頭說：

「我、沒、事……」

好不容易發出來的聲音，嘶啞到連他自己都有點嚇到。

昌浩把自己想到的事，結結巴巴地告訴了十二神將中最強與第二強的鬥將，因為

埋在自己心裡太沉重了。

他們默默傾聽。

說完時，連身經百戰的神將們也啞然失色。

聽起來很荒謬，但前後都串連起來了。神將們也不得不承認，這麼想的確所有事都說得通了。

昌浩極力保持呼吸的平靜。

心情很急躁，非常急躁，卻不敢想像每件事是如何連結在一起。

希望只是自己想太多了。

會這麼希望，是因為心底某處已經知道，並不是自己想太多。

昌浩咬住嘴唇，用力拍打失去血色而完全冰冷的臉頰。

所有事都有連結。那麼，件的預言、柊子的叫魂、敏次的病症，全都在一條延長線上。這個可能性極高。

但是，如果真是這樣，就一定可以找到活路。

至少，只要祓除京城的汙穢，就能防堵成千上萬的黑虫在各處出現。

趁這期間先取回敏次的魂虫，放回他的身體。文重和柊子的事，等這件事解決後

再想該怎麼做。

風音說她會去找放回魂虫的方法，這樣昌浩就少了一份負擔。

關於替代的生命，現在就暫時不去想了。想起來會沒完沒了。

連點好幾下頭後，昌浩用力握緊了雙手。

「勾陣，我想拜託妳一件事。」

鬥將一點紅默默地眨了眨眼睛。

「我想拜託妳跟小怪繞京城一圈，查出哪裡的陰氣最濃、哪裡的龍脈有異狀。」

勾陣會察覺，是因為她一直待在結界內，很久沒碰觸京城的汙穢，加上她是土將。

紅蓮和六合沒有察覺，是因為長期接觸京城的汙穢與陰氣，而且他們分別是火將和木將。

「我想我是過度接觸陰氣，所以感覺遲鈍了，小怪應該也是。」

小怪臉色凝重，沉默不語。昌浩這句話一針見血。

它並不想為自己沒察覺找什麼藉口，但的確是接觸太久習慣了。

勾陣深思後回應：

「啊，應該是這樣吧。」

自己是因為剛從結界出來，才會注意到。她所察覺到的龍脈混亂，並不是強烈到所有人都會有感覺。

但是，身為陰陽師和十二神將，怎麼可以沒注意到這種事呢？昌浩和小怪還是覺得自己太混了，心中猛然湧現負面情緒。

「我不該用責怪的語氣對你們說話，對不起。」

勾陣的語調很平靜，跟剛才完全不一樣，意志消沉，露出少有的陰暗表情。

「不，勾陣，妳是對的。我是陰陽師，感覺卻那麼遲鈍。萬一發生什麼事就麻煩了，幸虧有妳提點。」

昌浩甩甩頭，擠出笑容，轉換心情。

「那麼，拜託妳了，還有小怪。」

「好。」

小怪又從昌浩肩上跳到勾陣肩上。

昌浩對他們揮揮手，轉身趕去皇宮。

勾陣目送他的背影離去，眉間蒙上了陰霾。

「騰蛇……」

「怎麼了？」

勾陣瞥一眼就在旁邊的夕陽色眼眸，喃喃說道：

「我好像有點煩躁。」

小怪眨個眼說：「哦，是嗎……」

走入濃烈到幾乎快窒息的陰氣裡，心情不自覺地躁動起來。

小怪點點頭，表示理解。

那像是在譴責的粗暴語氣，原來是因為這樣啊。

小怪搔搔耳朵一帶，瞇起了眼睛。

「那麼，趁妳的感覺還沒變遲鈍，快找出地脈的混亂吧。」

「好啊，要分頭去找嗎？」

「嗯……」

小怪面有難色地沉思起來。

昌浩受到極大的打擊。雖然勉強平靜下來了，但離開他太久還是令人擔心。

「最好是分頭去找，可是……」

京城很大，為了節省時間，分頭去找地脈的確比較有效率，但是——

「我現在感覺非常遲鈍，還是跟妳在一起行動比較實際。」
「說得也是。」
勾陣點點頭，蹴地起跑。
「你們遇見菖蒲和件的地方，是西洞院大路吧？」
原本要點頭的小怪，忽然眨一下眼睛說：
「不，等等，勾，去朱雀大路。」
聽到小怪這麼說，勾陣疑惑地問：
「為什麼？」
「我有點擔心。」
「不是去西洞院大路，而是去朱雀大路？」
昌浩、小怪、六合和風音昨晚在黑夜中遇見黑虫、件和菖蒲的地點是西洞院大路。
被勾陣質問的小怪，用前腳搔搔眼睛周圍，說：
「嗯，是那裡沒錯，可是……」
在朱雀大路也出現過大群黑虫，被昌浩的法術驅散了。
當時使用的念珠，隔天不知道為什麼沉入了地底深處，盤結著陰氣。

昌浩和小怪都認為那麼做的人是菖蒲。

「換作是妳，會在毫無意義的地點做那種事嗎？」

「沒有意義就不會選擇那裡。」

要做什麼事的時候，做那件事的地點非常重要。

小怪點點頭說：

「對吧？我也這麼想。」

那時，強烈的陰氣突然膨脹炸開了。不管京城充斥有多少汙穢，都不可能突然發生那樣的事。

小怪想起一隻鞋的傳聞。

剛開始流傳時，京城到處都有一隻鞋掉落，看到的人都被黑虫吃掉，變成了傀儡。

傀儡會跟黑虫一起在京城徘徊。

沒多久，又聽說看見一隻鞋的人的墳墓被破壞，飛出了白色的蝴蝶。

那可能是看到一隻鞋後變成傀儡的人的魂虫。

那麼，那些魂虫都跑去哪裡了呢？

沒有在黑虫群裡面。在漆黑中，微微發亮的蝴蝶應該很醒目。

但小怪、昌浩、六合和風音都敢斷言，除了敏次的魂虫之外，沒有看見其他魂虫。

京城到處都傳出了看見一隻鞋的事件，所以皇上頒佈聖旨，開始巡邏保護京城。

然而，只有昌浩那一隊遇見了大群黑虫。

那群黑虫出現在朱雀大路的一個角落，靠近京城中心的地方。

既然中心處有陰氣聚集沉澱，可見龍脈也受到了影響吧？

如果那裡的龍脈沒有混亂，只要重新探索氣，找到地脈混亂的正確位置就行了。

以神腳奔馳的神將們到達目的地的時候，天空還沒有完全轉白。昌浩現在應該到達皇宮了。

朱雀大路沒有任何行人。因為現在還很早，而且傳出一隻鞋和蝴蝶的傳聞後，京城的住民都盡可能不在還有夜氣殘留的時間外出。

站在那個地方的勾陣，單腳跪下來，把手貼放在地上。

當她檢視在地底深處流動的龍脈狀況時，小怪站在稍遠的地方，注意周遭的情況。

天空依然被雲層覆蓋，已經很久沒有陽光照射了。

昨晚，昌浩叫它把京城所有的汙穢都吹走時，它回了一句：「你白癡啊。」但它能理解昌浩的心情。

可能的話，它也想三兩下就消除那些汙穢。

「如果可以把所有東西都燒光的話，我會那麼做。」

但是，那麼做，不知道會被晴明說什麼呢。

小怪眨個眼睛，遙望南方天空。

晴明已經清醒，應該在慢慢復元中。回到家後，問問看能不能稍微跟他說說話吧。

忽地瞇起眼睛的小怪，甩了甩尾巴。

勾陣一副理所當然的樣子，非常自然地來到了這裡，但仔細想想，她的身體不是才剛復元嗎？

「喂，妳……」

一轉頭就看到勾陣雙手著地，撐住了有些搖晃的身體，小怪瞪大了眼睛。

「喂！」

勾陣舉起一隻手，制止了跑過來的小怪。

「等一下再聽你說。」

「勾！」

「有強烈的陰氣盤據在這裡的地底下。」

小怪閉上了嘴巴。

它甩動長耳朵，把探索之氣注入地底，果然如勾陣所說，似乎有某種來歷不明的東西盤據在地底深處呼吸著。

但不知道為什麼，很快就消失了，好像是逃走了，那種感覺很奇妙。

小怪無法判斷瞬間抓到的那個東西是不是陰氣。

「妳確定？」

「我覺得是陰氣，但被你這麼一問，我也不敢確定。」

「還在下面嗎？」

聽到小怪這麼問，勾陣滿臉疑惑，用指責的語氣說：

「你是什麼意思……」

說到一半，勾陣眨了眨眼睛，接著說：

「逃走了。」

「對吧？」

勾陣瞇起眼睛思考，把手按在嘴唇上。

「說是逃走，還不如說是……」

「移動？」

「很接近。」

勾陣點點頭站起來。

「京城的陰氣太濃了。」

「龍脈的混亂呢？」

「恐怕是這一帶最嚴重。」

流過京城地底深處的龍脈，在這附近交會。京城最重要的地點是安倍家所在之處，但這裡也可以說是重要場所。

勾陣看向北方。

還有另一個龍脈交會點，就在皇上居住的寢宮底下。

這個京城是四神相應之地。皇宮坐落之處，是仔細盤算後選定的。

除了充斥大氣的汙穢之外，再加上龍脈混亂，就某方面來說，皇上的身體會不斷惡化也無可厚非。

「皇宮裡有結界，黑虫進不去。」

所以陰氣才聚集在這裡吧？這裡汙穢凌亂，就會影響到皇宮。

小怪思索了一會，開口說：

「我去昌浩那裡，妳回安倍家。」

黑曜石的雙眸閃爍了一下。

小怪知道一定會被她否決，作好了應對的準備。

「就這樣吧……」

「是嗎……？」

沒想到勾陣一口答應了，小怪大感驚訝。看來，在這麼短的時間內，她的體力消耗超過了小怪的想像。

「妳還好吧？」小怪擔心地確認，勾陣默默地聳聳肩膀。

◇　◇　◇

傳來鳥叫聲。

撐起上半身的晴明，聽著鳥叫聲陷入了沉思。

在天亮前，就有使者快馬趕來。

晴明早就被喧囂聲吵醒，但神將們囑咐過天亮前不可以起床，所以他又躺了一會。

策馬趕到的使者帶來的信，在吃完早餐後才送到晴明手上。

那封信被攤了開來，放在蓋於膝上的外褂上。

晴明思考了好一會，慢慢抬起了眼皮。

「太裳、天后、太陰。」

隱形的神將們現身了。

老人的視線依序掃過他們。

「要回京城了。」

小怪的陰陽講座

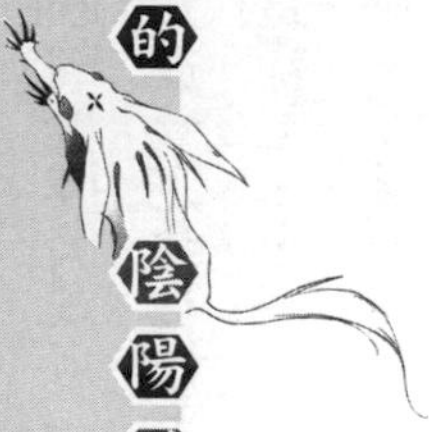

⑤以人的模樣降臨人世之神，通常是指天皇。

6

昌浩在陰陽寮的值班室裡閉目養神。

趁輪班之前的時間小睡片刻。

「喔，在這裡、在這裡。」

鑽進來的小怪，看到昌浩沒有反應，呼地嘆了一口氣。

昌浩累壞了。

不只昌浩。

在枕邊縮成一團的小怪，也決定休息一下。

◇ ◇ ◇

夢與現實交錯。

昌浩覺得有東西翩然飄過臉頰，張開了眼睛。

「哇……」

一整片的櫻花、櫻花、櫻花、櫻花。

紫色花朵綻放。

風一吹，花朵便嘩地一聲，瘋狂地飄舞散去。

不斷飄落的花瓣宛如悲哀的、淒涼的雪，永無止境。

昌浩把手伸向從聳立的巨樹凋謝而下的花瓣，忽然察覺背後有人，扭頭往後看。

幾乎沒有表情的少年站在那裡。

昌浩眨個眼睛，平靜地開口說：

「嗨……」

不知道該說什麼，只能擠出這個字。

少年笑也不笑地回應：

「看你的表情……應該是沒想過會再見到我吧？」

「是啊。」

昌浩輕輕握起接住花瓣的右手。因為這隻手中，還清晰殘留著那一刻的感覺。

少年站在昌浩身旁，抬頭仰望巨樹。

「尸櫻……祭祀之櫻。」

聽到少年的話，昌浩眨了眨眼睛。

「屍……」

少年被剝奪了名字，不再被視為活人，屍這個名字只是用來與他人作區別。昌浩叫了這個名字，但有點猶豫。

少年瞥了他一眼。

「音哉。」

短短一句話不帶任何感情。

昌浩猛吸了口一氣。

「原來，這就是……」

他閉起眼睛，再張開來，確認似地說：

「這就是你的真名嗎？音哉——」

少年瞇起眼睛，微微一笑。

紫色花朵散落。

那個顏色又比昌浩記憶中深了一些。
音哉向前走，昌浩也跟著前進。
「把我撫養長大的婆婆是祭祀櫻花的『櫻守』。」
兩人每向前一步，堆積的櫻花就會沙沙作響。
如踩過雪地般，兩人踩過花瓣的足跡轉眼就被不停飄落的櫻花淹沒，消失不見了。
「因為你幫了我、幫了我和咲光映，所以……」
櫻花的花瓣如雪花般不斷飄落，眼前的世界籠罩著紫色花瓣，一片迷濛。
「我可以把不能對任何人說的櫻樹的秘密告訴你。」
昌浩默默地眨著眼睛。
他大概知道音哉要說什麼。
在夢殿見到的祖父，告訴了他櫻樹的事。那是祖父與櫻樹混為一體時看見的情景。
那是櫻樹的秘密。
所以昌浩可以說他已經知道了，但他沒這麼做。
他知道聽音哉說尸櫻的秘密，具有重大的意義。
少年在櫻花森林的深處停下了腳步。

那棵尸櫻聳立在眼前。

「我可以告訴你，但有個條件。」

回頭看著昌浩的音哉，眼神十分平靜。

沒有怨恨、沒有憤怒、沒有煩躁、沒有焦慮，是沉穩且帶點溫柔的眼神。

昌浩心想，這應該才是少年真正的模樣。

「條件？」

音哉對喃喃詢問的昌浩點個頭，指著巨樹說：

「這就是當時吞噬了安倍晴明的櫻樹。」

昌浩抬頭仰望巨樹。

無限延伸的櫻花森林非常壯觀，籠罩櫻樹的妖氣又更濃了。

「櫻樹多到幾乎分不清哪棵是哪棵了。」

昌浩皺起了眉頭，音哉微瞇起眼睛說：

「原本只有這一棵，但隨著邪念彌漫，光一棵尸櫻已經追不上彌漫的速度，為了吸收汙穢，櫻樹就越來越多了。」

音哉輕輕撫摸著櫻樹的樹幹。

「現在也還在吸收汙穢，綻放花朵，淨化邪氣。」
紫色花瓣是櫻樹正在吸收汙穢的證明。汙穢增強，顏色越濃，漸漸來不及淨化了。
音哉雙手貼放在樹幹上，低下頭，閉上眼睛。昌浩覺得，他是在聆聽櫻樹的傾訴。
一陣風嗖地吹過。
昌浩環視周遭一圈。放眼望去都是漫無止境的櫻花森林。
凝睛細看，在花飛雪前、在數不清的樹幹背後，有東西鑽動。
這裡是會看見幻影的森林。
「陰陽師……」
聽到虛弱的聲音，昌浩倒吸了一口氣。
語氣很平靜，卻帶著沉重。
音哉把頭靠在樹幹上。
「我繼承了婆婆守護這棵樹的使命，但我放棄了。」
忽然，昌浩彷彿聽見水在樹幹裡噗吱噗吱流動的聲音。
他搖了搖頭。不，那不是水，是櫻樹吸進去的邪念所發出的聲響。是邪念之歌流過了樹幹，是櫻花沾染的魔性越來越強的聲音。

「聽過我所知道的事，你就必須承接那個使命。」音哉離開樹幹，轉向昌浩說：

「因為你是陰陽師。」

音哉的眼神平靜、沉穩、溫柔——給人泫然欲泣的感覺。

「但是，因為你救過我們，所以……你可以不要聽。」

沒想到他會這麼說，昌浩張大了眼睛。

音哉用沒什麼大不了似的輕鬆語調接著說：

「你大可不聽。畢竟，背負使命很辛苦、很痛苦……壓力會大到幾乎被壓垮。」

受到衝擊的昌浩屏住了氣息，心想音哉自己就是這樣吧？

「所以，你可以不要聽，可以逃走。你其實跟這裡沒有任何關係，所以大可不聽。」

音哉沉默下來，似乎在對昌浩說就那麼做吧。

他緊閉著嘴巴，眼神很可怕，似乎等著昌浩聽他的話轉身離去。

趁現在快走啊！他拚命這麼暗示昌浩。

然而。

「你……」

看到昌浩一步也沒移動，音哉的臉扭曲起來。

「為什麼……」

昌浩對再也說不出話來的音哉淡淡一笑。

「因為我是陰陽師啊——你不也這麼說了？」

你說因為我是陰陽師。

音哉垂下頭，肩膀微微顫抖。

看到他那個樣子，昌浩才想起他還是個孩子。

背負太多的罪名，在冰凍般的沉重壓力中度過無數日子，把他的心壓得歪七扭八。被紫色櫻花、被邪念之歌逼瘋，最後終於親手殺了自己最重要、最想保護的人。

昌浩「啊」一聲，閉上了眼睛。

結束永無止境的日子，少年終於找回了以往的心。

就像被智鋪的宮司誤導的榎岦齋，失去生命後，終於找回以往的心。

漫然想著這些事的昌浩，突然打了個冷顫。

件的預言攪亂了音哉的一切。他拚命抗拒，最後還是輸給件的預言，依照件所宣告的預言採取了行動。

——我輸給了件的預言……曾經有一度，我以為我贏了。

昌浩知道另一個男人也輸給了件的預言。

胸口異常地脈動。

有股寒意凝結在腹部深處的昌浩，聽見音哉壓抑顫抖的聲音。

「櫻樹除了吸收邪念之外，還有另一個使命。」

昌浩抬起頭，看到音哉低著頭握緊了拳頭。

少年被劉海遮住看不見的臉，想必是強忍著不哭而變得通紅。

「盤根錯節的樹根，封住了藏在地底下的門。」

昌浩的心跳狂亂加速。

門。

在夢裡的確聽過這個字。

「……門……」

昌浩不由得重複起這個字，垂著頭的音哉點點頭說：

「對……通往光線照不到的根之國、底之國的門。」

邪念就是靠啃食不斷從門溢出來的汙穢來繁殖。

櫻樹會吸收汙穢，沾染魔性，綻放花朵，淨化邪念。

盤根錯節的櫻樹樹根纏繞著地底下的門，把門緊緊封住，絕不讓門敞開。

沒有人敢動沾染了魔性的櫻樹。氣不斷循環，櫻樹越長越高大，封住門的力量就越強大。

但是沾染過度，就會因汙穢而枯萎。樹木枯萎了，根部也會崩解，門就會被解放。

所以一年一次的祭祀是必要的。

祓除過度的汙穢，櫻樹便能繼續吸收從門溢出來的死亡汙穢。

「婆婆說過。」

——即使汙穢了、沾染了魔性，也必須保護櫻樹。

不這麼做的話，就會釋放出比尸櫻更可怕的東西。

門一敞開，可怕的東西就會爬出來。

不只這樣。各個世界彼此相連。所有世界都有門，所有世界都與根之國、底之國相連。入口與出口兩個門，被藏在各個世界的某個地方。

有哪個世界的門敞開，就會有好幾個其他世界的門也跟著敞開。

昌浩的背脊掠過一陣寒意。

「入口……與出口……」

昌浩知道其中一個。

在人界。位於道反聖域的千引磐，就是通往黃泉之門。

根據《古事記》及《日本書紀》的記載，那就是出口。

是從黃泉經過黃泉比良坂逃到人界的伊奘諾命，用大磐石封住了那個出口。

那麼，入口在哪裡呢？

尸櫻世界的門在櫻樹的樹根下。

「這個世界的入口之門在尸櫻底下。」

被封在樹根底下的門，是通往底之國的入口。

出口在世界的某處。這個門應該也是由櫻樹守護，但婆婆死後再也無從得知詳情。

但是必要時，據說會出現顯示地點的徵兆。

那麼……

音哉的聲音變得僵硬。

「那個門……可能是在會出現幻覺的森林。」

昌浩瞠目結舌。

那個永無止境的幻覺森林，有不斷重複的光景、不斷重複的預言。

難道那些都是從門溢出來的死亡汙穢製造出來的？

昌浩現在才覺得毛骨悚然。

原來當時自己與神將們持續接觸的不只是邪念，還有從門溢出來的死亡汙穢。

「祭祀中斷的世界，正在慢慢毀滅中。」

噴發出來的死亡汙穢會攪亂所有一切，扭曲時空，邊製造幻覺，邊慢慢地改變整個世界的樣貌。

音哉終於抬起了頭，眼神十分平靜，完全壓抑了感情。

「陰陽師，你聽了我說的話。」

想壓抑也壓抑不住的顫抖，稍微撼動了音哉的聲音。

「既然聽了，就必須承接這個使命。」

昌浩緩緩點著頭說：

「我每年會祭祀櫻樹一次。」

他輕輕舉起雙手，用掌心接住紫色的花瓣。

花瓣如雪片般紛紛飄落，快碰到掌心時，就不知道被風吹到哪裡去了。

死亡的汙穢是陰氣。這個世界瀰漫著更濃的陰氣，櫻樹就會枯萎，門就會敞開，

整個世界就會被噴出來的東西毀滅。

到時候，其他世界也會發生同樣的事吧？

是的，昌浩居住的人界也會。

昌浩握起了拳頭。

「我接下來了……所以，音哉，」低頭直視著少年的昌浩笑了起來，笑得有點淒涼，「你可以安心沉睡了。」

音哉的眼皮震顫起來。

「你一直留在這裡，就是為了告訴我這件事吧？」

視線一移動，就看見巨樹後面躲著一個人。

那是生命已經結束的少女，佇立在隨強風狂舞的花飛雪後面。

那也是櫻樹製造出來的幻覺嗎？

這裡充斥著死亡的汙穢。

在這個無比接近死亡世界的地方，已經不存在的人又再次出現，或許也不是什麼奇怪的事。

悄悄從樹後面探出來的臉，擔心地觀察著狀況。

注視著少年的模樣，好天真、好可愛。

看到她那樣子，昌浩心痛得不知如何是好。

「櫻樹的事就交給我吧……好啦，你是不是要跟咲光映一起走了？」

音哉與咲光映將從此離開了吧？

他們兩人會去哪裡呢？

倘若這個世界也有靈魂輪迴之說，那麼，總有一天，他們兩人會獲得新生命，在哪個世界誕生。

他們兩人都做了不該做的事。為了贖罪、為了償還，一定會花很長的時間，但不再是永無止境的日子了。

「再見了。」

沒說在哪再見，也沒說何時再見。

因為昌浩和音哉都不知道，說了也沒有意義。

但是，他們跟昌浩有緣，所以，總有一天會再見。

到時候，從那裡開始的緣分，將會比昌浩想像中更深、更強韌。

音哉老實地點點頭，回頭往櫻樹望去。

目光突然與音哉交會的咲光映，露出「啊」的驚慌表情，急忙縮回樹幹後面。

音哉的眼神真的好溫柔，那才是原來的他。

最後，少年又轉向昌浩，終於像個孩子般笑了起來。

「以後就拜託你了。」

尸櫻嘩地一聲，全部一起凋謝了。

視野瞬間被染成紫色，當風勢減弱時，音哉和咲光映都消失了。

「被他拜託了……」

昌浩抬頭仰望巨樹，呼地嘆了一口氣。

聽說了，就必須擔負起一切。

柊子也對昌浩說過同樣的話。

陰陽師就是要扛起他人不能扛的責任、扛起他人扛不了的責任。

「……」

昌浩猛然眨了眨眼睛。

他想起在前幾天作的夢裡，祖父說過的話。

——那棵櫻樹必須沾染魔性，再靠魔性去封鎖更強大的妖魔。

祖父說的話與音哉說的話不謀而合。

還有那道門。

尸櫻封鎖的是門。

榎封鎖的也是門。

與門相關的人的面前，都出現過件，這會是偶然嗎？

昌浩搖搖頭。

不，事到如今，絕不可能是偶然。

昌浩一手掩住眼睛，咬住了嘴唇。

「在大約六十年前……」

那個人失去了生命。

獨自背負著件的預言的榎岦齋，被智鋪宮司扭曲了心靈。

榎岦齋之死。觸犯哲理而背負血淋淋之罪的十二神將火將騰蛇。消失了蹤影的道反巫女與她的女兒。

他們也都是走上了被巧妙鋪設的道路嗎？

「智鋪……」

壓抑不住的戰慄貫穿全身。
智鋪。道敷⑥。鋪設道路的人。
從何時開始？為什麼？為了什麼？
風與花瓣的聲響震耳欲聾。
——智鋪很可能是在尋找榎鋪設的道路……
昌浩下意識地嘀咕起突然閃過腦海的柊子的話語。
「所以……他操縱黑虫，擴大死亡的汙穢……」
擴大汙穢是為了什麼？
越汙穢陰氣越重，黑虫就會增加。被黑虫吃掉的人會變成傀儡，而傀儡本身就是死亡的汙穢。傀儡到處徘徊，就會擴大死亡的汙穢，使陰氣更加濃厚。
陰氣會蔓延至天上、深入地底深處——在那裡盤結。
心臟撲通撲通狂跳。
昌浩放下掩住眼睛的手，注視著櫻樹。
明明是沒有亮光的世界，紫色花朵卻像閃爍著朦朧的光芒，十分醒目。
昌浩見過類似的東西。

那就是死者、妖怪所綻放磷光般的陰氣，與活著的人散發出來的生氣正好是兩種極端，在深度的黑暗中看得更清楚。

心臟撲通撲通跳動。不知道為什麼全身緊繃，冒出了冷汗。

他把意識集中在櫻樹樹根下的那道門。

他把意識集中在從那裡溢出來的死亡汙穢。

這才清楚感覺到，在充斥著汙穢的大氣與沾染魔性的花瓣中，夾雜著性質完全不同、深不可測的冰涼陰氣，深深盤據在大地底下。

昌浩的額頭冒著冷汗。

在這個永無止境的櫻花世界，大氣中充斥著陰氣。他從來沒有想過，地底下會不會因此埋藏著什麼。

就跟京城一樣。若不是勾陣提點，昌浩和小怪大概都不會注意到龍脈的混亂。其他世界發生什麼事，昌浩居住的人界也會發生同樣的事。

櫻花枯萎，門就會敞開。

聳立在昌浩眼前的櫻樹，開滿樹枝的花朵的顏色，濃到近似黑色。

櫻樹快要來不及吸收完死亡的汙穢了。當花朵完全染黑時，巨樹就會因充斥汙穢

而枯萎。

昌浩把手伸向了樹幹。

然而，他的手沒碰到巨樹的樹幹，而是直接穿透過去。

他眨眨眼睛，皺起了眉頭。

「對喔……」

這裡是夢境。但是跟昌浩平時見到的夢殿不一樣。

音哉留下來的意念形成了最後的幻覺。

那就是這個夢的原形。

因為音哉的召喚，昌浩才能再次來到這裡。

以後再也見不到音哉，也碰觸不到他了。

昌浩低頭看著自己的模樣。

身體逐漸變得透明。夢就快結束了。快醒了。

就在這一瞬間，那個水聲刺穿了他的耳朵。

咗鏘……

昌浩反射性地回過頭，看見佇立在花飛雪前的件和件旁邊的人。

披在那人身上的布，被風吹得鼓脹飄揚。

「菖蒲……！」

昌浩擺出防禦架式低嚷，件緩緩張開了嘴巴。

『沾染死亡的汙穢，櫻樹的封印將會解除。』

撲擊般的風襲向了昌浩。

舉起手臂護住眼睛的昌浩，耳底響起件的預言。

『以此骸骨為礎石，將會打開許久未開的門吧。』

昌浩不由得怒火中燒。

他橫眉豎目地瞪著件。

黑色水面在妖怪腳下擴張開來。

如黑色鏡子的水面上有什麼東西在動。

注視著人影和件的昌浩，視線掃過那個東西時，驚訝地發現心臟異常地狂跳起來。

怎麼會這樣？

昌浩定睛凝視。

應該是件與披著布的菖蒲倒映在鏡子般的水面上才對。

但往那裡一瞥的昌浩大驚失色。

倒映在他們腳下，水面上的人竟然是抱著肚子蹲下來，驚恐得直發抖的大嫂。

「大嫂……?!」

成親的妻子，也就是昌浩的大嫂，彷彿聽見了昌浩的叫聲，慢慢抬起頭，四下張望。

昌浩倒抽了一口氣。

大嫂的臉頰消瘦到令人心疼，圓睜睜的眼珠子從凹陷的眼窩突出來，顏面明顯泛著死亡之相。

骨瘦如柴的臉宛如死人，只有眼睛閃爍著異樣的光芒。

昌浩察覺她乾裂的嘴巴，似乎不斷重複著什麼話。

至於是什麼話，昌浩當然聽不見。

但是看著她的唇型，知道她在說什麼時，昌浩不寒而慄。

大嫂不停地重複、不停地喃喃自語的是件宣告的預言。

以此骸骨為礎石，將會打開許久未開的門吧。

每次說到「此骸骨」，大嫂就會更用力地抱住肚子。
昌浩的心臟像是被踹了一腳般狂跳起來。
「不……會吧……」
聽說大嫂一直在作夢。醒來時，就忘了作過什麼夢。
但是，是非常可怕的夢。不管成親怎麼唸咒語、怎麼施行法術，持續不斷的可怕惡夢都不會消失，每晚折磨著大嫂。
「件的……預言……」
件宣告的預言不是針對大嫂，而是針對肚子裡的孩子。
不，針對誰都一樣。肚子裡的孩子有什麼萬一，大嫂也不可能沒事。
件凝視著臉色蒼白的昌浩，猙獰地吃笑著。
可以感覺到把手搭在件身上的菖蒲，對昌浩投射出刺人的視線。
昌浩咬住了嘴唇。
這裡是夢境。儘管他們就在尸櫻世界、就在眼前，但既然是夢，昌浩就不能對他們怎麼樣。
「把敏次大人的魂虫還給我……！」

聽到昌浩忍不住大吼大叫，件猛然垂下了視線。

黑色水面映出輕飄飄的白色蝴蝶。

翩翩飛舞的白色蝴蝶的翅膀上，有著熟悉的圖騰。

昌浩向前一步，映在水面上的東西就全部消失了，水面掀起層層波紋，很快便捲起了驚濤駭浪。

件的身影沉入了翻騰的水面。

留下來的人佇立在水面上，隔著布注視著昌浩。

「你們打開門想做什麼?!」

明知不可能得到答案，昌浩還是忍不住這麼大叫。

沒想到從蓋住臉的布下面傳出了回音。

「我們要擴大汙穢，找出被隱藏的門。」

聽到扎刺耳膜的聲音，昌浩倒抽了一口氣。

「咦……」

瞠目而視的昌浩凝睛注視著站在水面上的身影。

聲音。發出來的聲音，陰森森的，十分低沉。

「是……男人……？」

任誰都聽得出來，那不是女人的聲音。女人的聲音不可能這麼低沉。

不，即使昌浩不認識，但聲音如男性一般低沉的女人，這世上或許有很多也說不定。

但是，昌浩見過這個菖蒲。

她的下顎形狀、脖子粗細、骨骼、肥瘦都與柊子相似。

從這幾個地方來看，都不可能發出那麼低沉的聲音，頂多跟柊子差不多，或是再高一些。

昌浩眼前披著布的人不是菖蒲，而是其他男人。

想到這裡，昌浩心頭一震。

——有人站在花朵前面。

「是爺爺聽見的聲音……！」

被尸櫻囚困的祖父，聽見了件的預言和男人的低沉聲音。

那麼，將晴明從尸櫻解放的，就是這個男人嗎？

「你是誰！」昌浩大叫。

從布的縫隙可以看到男人的嘴巴扭出了微笑。

捲起波浪的水面更加洶湧了，男人的身影被淹沒在水花裡。

「等等！」

被強風吹起的無數花瓣嘩地逆襲而來，阻擋了要追上去的昌浩。

視野一片紫色，讓他幾乎喘不過氣來。

不由得閉上眼睛的昌浩，聽見了刺耳的水聲。

呸鏘。

件的預言悄悄溜進了耳裡。

『沾染死亡的汙穢，櫻樹的封印將會解除。』

呸鏘。

『以此骸骨為礎石，將會打開許久未開的門吧。』

叮鏘。

昌浩奮力張大眼睛，看到波浪起伏的水面深處映著某人的影子，但很快就消失了。

『不久後，你將見到駭人的絕望——』

叮鏘。

叮鏘……

◇　◇　◇

驚醒張開眼睛，就看到閃閃發光的夕陽色眼眸，擔心地看著自己。

「小怪。」

低喚聲沙啞。

小怪甩動耳朵說：「你還好吧？」

昌浩點點頭。肌肉嘎吱嘎吱作響。全身僵硬，直冒冷汗。

他深吸一口氣，數著天花板的橫樑。氣息凌亂，呼吸困難。

這裡是陰陽部的值班室。他在天亮時到達皇宮，便直接來這裡，把行李當枕頭躺了下來。

上板窗稍微敞開著，灌入了外面的空氣。

夏天已經進入中旬，但早上的風還有點冷。不用看也知道是陰天。

聽不見鳥叫聲。鳥群可能是察覺到飄蕩在陰陽寮裡的緊張和異常的氛圍，所以不敢靠近吧。

做了幾次深呼吸，心悸才緩和下來。

昌浩躺著沒爬起來，閉上眼睛，吐出一口氣。

小怪等昌浩平靜下來才開口說：

「作了惡夢嗎？」

「可能比惡夢還糟……」

昌浩閉著眼睛擦拭額頭上的汗水，心想還好帶了換洗衣物來。

「要記得唸祓除惡夢的咒文嘛。」

聽到小怪這麼說，昌浩微微一笑。他想起很小的時候，紅蓮也對他說過同樣的話。

不過，那時候是叫他去問祖父祓除惡夢的咒文。

若是一般惡夢，的確可以靠咒文消除。可是剛才作的夢不是一般的夢，也不是一般的惡夢。

是夢與現實交錯，而非單獨一方。

當成夢就是夢，當成現實就是現實。由昌浩決定。

而昌浩知道，那不是夢。

昌浩將雙臂交叉擺在眼睛上方，喃喃說道：

「他拜託我當櫻守……」

「啊？」

小怪一頭霧水，昌浩沒理它，又斷斷續續接著說：

「一年祭祀一次，祓除櫻樹的魔性。」

「你在說什麼啊？」

疑惑地歪著頭的小怪，看出昌浩無意回答，便沉默下來。

昌浩用手臂按著閉起來的眼睛，像確認般一個字一個字地說：

「櫻樹封住門，把門藏起來了，件企圖解除封印。」

那個披著布的男人，恐怕也是這個目的。

他攪亂活在尸櫻世界的音哉和咲光映的命運，也是為了解除尸櫻的封印。只要尸櫻因汙穢而枯萎，門就會敞開。

「為了打開那扇門……從很久以前……路就被鋪好了……」

昌浩咬住嘴唇。

串連起來了。所有事都串連起來了。

然而，現在的昌浩完全無計可施。

尸櫻枯萎，門的封印便會解除。封印解除，門便會敞開。

那個世界的門敞開了，這個人界的門也會敞開。門一敞開，汙穢便會溢出來，使可怕的陰氣四處彌漫。

為了保護人界，必須保護櫻樹的封印。為了保護封印，必須祭祀櫻樹，祓除汙穢。

該怎麼做呢？

音哉已經不在了。沒有了媒介，昌浩沒辦法連結那裡的道路。

件和那個男人卻能做到。他們會讓尸櫻更加汙穢。汙穢到底，尸櫻就會枯萎，門就會敞開。

若晴明的魂與尸櫻繼續混雜在一起，就能防止這件事。所以男人把晴明從尸櫻拉開，讓他醒來。

他能醒來，大家都很開心，鬆了一口氣，誰也沒想到背後有這麼可怕的陰謀正在進行。

夢醒前聽見的件的預言，在昌浩腦海裡迴盪。

『不久後，你將見到駭人的絕望——』

他一陣戰慄。

現在的狀況就夠絕望了，件還說會見到駭人的絕望。

究竟會發生怎麼樣的事？光想就覺得可怕。

最可怕的就是想都想不到的事。

「……」

就算這樣。

昌浩把嘴巴緊閉成一條線，深吸了一口氣。胸口震顫不已。吐氣時，他把盤據在

體內的沉重東西也一起吐了出來。

昌浩是陰陽師。

所以他深信無論陷入怎麼樣的困境，只要不放棄，必能找到出路。

一直以來都是這樣。鑰匙就在某處。在看不見的地方、在沒注意到的地方、在還不知道的地方，絕對有道路。總會有辦法。

「……我才不會絕望呢……！」

昌浩低聲嚷嚷，放下了手臂。

怎麼可以輸給件的預言呢！

小怪的陰陽講座

⑥道敷是鋪設道路的意思，發音與智鋪相同。

7

小怪面色凝重地甩了甩尾巴。

「喂，昌浩。」

詳細內容它不知道，只感覺到發生了什麼急迫的事。

夕陽色眼眸帶著險峻。

昌浩撐起上半身，嘆口氣說：

「呃，要從哪裡說起呢？」

看昌浩思索著該怎麼起頭，小怪先打開了話匣子。

「關於龍脈的混亂，朱雀大路的念珠沉入地底的那一帶最嚴重。」

「咦？」

蹙起眉頭的昌浩，忽然察覺到什麼，環視周遭一圈。

「對了，勾陣呢？」

小怪聳聳肩說：

「她還沒完全復元，所以我叫她先回家了。」

昌浩眨眨眼睛，憂心地喃喃說道：

「那麼，我把她累壞了嗎？」

「你不用想太多。」

「是嗎？」

「是她自己不好，還沒完全復元就搖頭晃腦地跑出來。」

「這麼說會不會……」

被小怪半瞇著眼睛一瞪，昌浩就閉嘴了。小怪的心情似乎不太好。

看到昌浩窺視般的眼神，小怪不悅地嘆了一口氣。

「勾那傢伙也說過，陰氣嚴重到這種程度，神經一整天都會處於被刺激的狀態。老實說，我現在也很焦躁。」

「哦，嗯。」

昌浩點點頭，一把抓起小怪，抱在懷裡。

「希望敏次、柊子和文重都能獲救。」

然而，自己的手不夠大也不夠長，沒辦法把他們的事都扛下來。

祓除京城汙穢的方法也還沒想到。嚴重到這種程度的汙穢，不會自行消失，也很難淨化。

只能送到遠方某處了。那麼，該送去哪裡呢？

不管送到哪裡，哪裡都會充塞陰氣、骯髒汙穢。即便是杳無人煙的深山或大海也有生物。被沾汙了，那些生物都會死。死亡會招來新的氣枯竭，擴大汙穢。

剎那間，那個來歷不明的男人的聲音，在昌浩耳底響起。

——我們要擴大汙穢，找出被隱藏的門。

心跳加速。

不行，這樣就正中了對方下懷。

「喂，小怪……」昌浩在心底邊複誦那男人的話，邊喃喃說道：「為了找出道路而擴大死亡的汙穢，是什麼意思？」

小怪甩動耳朵，歪著頭說：

「啊，你是指柊子說的話？」

「對。」

昌浩點點頭，沉思起來。

來歷不明的男人也說了同樣的話。

黑虫。傀儡。死亡的汙穢。尋找榎鋪設的道路。

尸櫻和榎隱藏的都是門。

那麼，那個男人要找的是門。也就是說，他在找人界的門。

但是，為了找到門，為什麼要擴大汙穢呢？理由是什麼？

昌浩盯著抱在懷裡的小怪的白色的頭。

假如小怪下落不明，要找到它的話，該怎麼做呢？

首先，要搜尋它的氣息。或者，拜託神將們追逐它的神氣。神將們可以追逐彼此的神氣，所以昌浩找不到的神氣痕跡，他們也能找到。

昌浩眨一下眼睛說：

「我問你……」

「嗯？」

「虛弱時得到神氣會怎麼樣？」

「我嗎？」

「不管是你或不是你。」

「嗯——」小怪用前腳搔著耳朵一帶說：「我沒遇過那種事。」

因為最強的騰蛇通常是給的一方，沒有被給過。

「啊，不過，聽說六合曾在異界被青龍和朱雀吸光神氣，當時的情況糟透了呢。」

昌浩張大眼睛說：

「那麼，青龍他們的神氣有因此變得更強嗎？」

「沒有，只是恢復到接近原來的狀況，沒有變更強。」

「哦……」

原來被給了神氣也不會變得更強。

昌浩面色凝重。

本以為注入陰氣，增強門的汙穢，就容易找到那扇門，但看來並不是這樣。

不過，神將與門根本上是不相同的東西。

小怪沒發現昌浩悄悄嘆了一口氣，靈活地合抱前腳說：

「因為是被那樣的邪念所傷，所以即使有結界或障壁阻擋，六合還是會流失大量的神氣，沒辦法持久……」

靈光如閃電般劃過昌浩腦內。

「沒辦法持久……對了！」

身為眾榊的榎，把門藏起來了。怎麼藏的？

應該是把門封鎖，讓誰也找不到吧？就像尸櫻靠魔力封鎖了門那樣。

榎是陰陽師。那麼，他應該是使用法術或什麼方法把門封鎖，壓住了從門溢出來的死亡汙穢吧？

然後，有沒有可能再靠他的法術，隨時淨化溢出來的死亡汙穢呢？

對，就像尸櫻那樣。

用法術封鎖的門被巧妙地隱藏起來，不會被發現。

但是若有濃烈的陰氣襲向那裡，會怎麼樣呢？

陰陽師的法術，要靠陰陽平衡才能維持。若是失衡，往陰陽其中一方傾斜，法術的效果就會明顯減弱。

就像神將們的神氣被汙穢連根拔除那樣。

就在神氣被剝奪而失控時，出現了擁有強烈神氣的人。因為無法控制，就把那個人神氣全吸光了。結果，被毫不留情地吸光神氣的六合，狀況糟透了。

昌浩臉上頓時沒了血色。

沒錯，跟尸櫻一樣。

不管怎麼淨化，只要速度追不上，尸櫻就會汙穢、枯萎。

倘若湧上來的陰氣過於濃密、強烈，凌駕淨化死亡汙穢的法術的力量，那麼，總有一天會失衡、會削弱力量，最糟的情況就是法術被破解。

假設，只是假設。倘若法術因為陰氣失衡而被破解，被封鎖的東西從那裡面跑出來的話，會怎麼樣？

長年被壓抑的東西會如潰堤般傾瀉而出吧？

或者吸入新的陰氣，膨脹壯大起來？

不管怎麼樣，擴大汙穢確實會影響到封印。

「這就是他們的目的嗎……！」

昌浩把小怪拋了出去，站起身來。被拋出去的小怪在半空中一個翻轉，輕盈落地，齜牙咧嘴地大罵：

「你！」

昌浩看也不看小怪一眼，衝出值班室，從外廊仰望天空。

烏雲層層密佈的天空看起來就像快落淚了。

只要空氣受到一點點新的刺激，雲被震動就會下起雨來。
昌浩全身起雞皮疙瘩。若是下雨，降下的雨將會充斥著汙穢。
昌浩握著高欄的手用力到發白。隨後追上來的小怪看到昌浩不尋常的樣子，皺起了眉頭。
「昌浩。」
「必須盡快祓除汙穢……」
但是，昌浩搖了搖頭。該怎麼做呢？要送去哪？即便把汙穢從京城祓除送到某處，那裡的樹木也會枯萎。樹木枯萎，氣便會枯竭，汙穢會更濃烈而沉滯。
就這樣不斷循環，無處可逃。
除非送到跟這裡完全無關的其他世界，否則無計可施。
昌浩瞥一眼跳到高欄上的小怪。
「譬如異界……？」
「啊？」
猜到昌浩想說什麼，連小怪都不禁大驚失色。
「喂、喂、喂、喂、喂！你要殺了在異界的同袍嗎！」

昌浩眨了眨眼睛。

這實在不像最令人害怕、最兇悍的鬥將會說的話。

「小怪，原來你對同袍還是有感情啊！」

「不過動不動就把火焰之刃刺過來那個，還有老是臭著一張臉那個，怎麼樣都無所謂。」

在這方面，小怪的想法還是很堅定。

「話說，你也太殘忍了，你又不是晴明。」

昌浩心想，在這種狀況下，會被那麼說的祖父也有點問題。

「可是……」

沒有其他地方了啊。

視線焦慮地飄來飄去的昌浩，目光停留在種植在陰陽寮周邊的樹木上。

這裡有各種樹木。樹木會因應季節，在春夏秋冬各自開花，種類一應俱全，賞心悅目。雖然現在因為樹木枯萎，減少了許多，但留下來的樹木都還勉強掛著綠葉。

昌浩腦裡閃過紫色的櫻花。

「……」

他下意識地吞口唾沫，握住高欄的手更加用力了。

充滿汙穢的櫻樹就快陰到極致，花變成黑色，快要枯萎了。

枯萎後，封印便會解除。

但是昌浩還記得，在千鈞一髮之際，陰到極致轉為陽的瞬間，迸出了驚人的力量。

沒錯，那個時候櫻樹沒有枯萎。在門因為死亡的汙穢太過濃厚而被解放之前，櫻樹就活過來了。

當然，那不是自然發生的事。

是生者贏過了咲光映、晴明等死人，贏過了陰的象徵。

因為有音哉、有昌浩，還有神將們。

那麼，只要把凌駕汙穢的生氣注入那個世界，櫻樹就絕對不會枯萎。

要注入超越那股強烈汙穢意念的生氣。

「——」

昌浩默然注視著小怪。

「嗯？」

小怪疑惑地歪起頭，昌浩神情緊迫地問它：

「小怪，你是十二神將中最強的一個吧？」

「算是吧……」

察覺到氣氛不對的小怪，縮起身子往後退。昌浩馬上伸出手，抓住了它。

「摘掉封印的金箍，你會變得很厲害吧？」

「你在想什麼？」

昌浩逼向臉部抽動的小怪說：

「紅蓮，我要你幫我。」

「──」

小怪有非常不祥的預感，不肯馬上回答。

昌浩正要再開口逼問它時，有個聲音自天而降。

「你在做什麼？昌浩。」

張大眼睛的昌浩，抬頭往後看。

十二神將太陰發現他手中抓著白色的小怪，呀地發出尖銳的慘叫聲，用風把自己裹起來。

「太陰！」

昌浩瞪大雙眼，放鬆了手的力氣。小怪沒放過這一瞬間，全力逃脫，有如脫兔般逃離了現場。

「啊，糟了！」

太陰慢慢降落在慌張的昌浩身旁。

「喂，昌浩，騰蛇在哪？在附近嗎？」

半瞇起眼睛的昌浩，對戰戰兢兢詢問的嬌小神將說：

「哼，被它逃了……對了，太陰，妳怎麼會在這裡？」

應該在吉野的她，怎麼會出現在這裡呢？

太陰雙眼發亮，對疑惑地歪著頭的昌浩說：

「我們回來了，晴明也一起回來啦。」

「咦？」

太出乎意料之外了，昌浩大吃一驚。

太陰簡單扼要地說明了原委。

今天早上，有使者帶來了脩子的信，信上說：「父皇身體太過虛弱，可不可以請您回來？」

晴明看完信，便告訴神將要回京城了。

決定後，晴明立即動了起來。他向山莊管家說明緣由，安排好行李後送到安倍家，便乘著太陰的風，很快回到了京城。

看到突然回到家的老人，吉昌和露樹都驚訝得目瞪口呆。但是晴明把脩子送來的信拿給他們看後，連吉昌也閉嘴不說話了。

「吉昌的表情這麼可怕呢，但這是內親王的委託，他也不敢埋怨。」

看到太陰吊起眼角的模樣，昌浩苦笑著說：

「原來爺爺……」

回來了啊。

安倍晴明回到京城了啊。

「這樣啊、這樣啊……」

昌浩只是一次又一次地重複這句話。喃喃低語中，眼角不覺熱了起來。

祖父還沒有完全康復。昌浩知道，即使回來了，也不能隨意到處走動，神將們一定不准他這麼做。

然而，不知道為什麼，光想到祖父回京城了、祖父在家裡，長久以來僵硬凝結的

心底深處，就好像忽地和緩下來，輕鬆了許多。

昌浩單手掩住了緊閉的雙眼。

「……」

祖父什麼都不用做，只要待在那裡就行了、只要活著就行了。

光是這樣，就能給他勇氣，讓他的心堅強起來。

他一直在心底期盼，只是沒說出來。

希望祖父可以早點回來。

不是想依賴，只是希望祖父待在那裡。

「太好了……」

昌浩喘口氣，抬起頭來。

太陰看著這樣的昌浩好一會後，又環視周遭一圈。

「昌浩，這汙穢是怎麼回事？」

看到太陰與外表不符的可怕表情，昌浩板起了臉。現在可不是鬆懈的時候。

昌浩把敏次的魂虫與菖蒲的事、在夢裡見到音哉的事、來歷不明的男人的事，統統告訴了太陰。

無法想像的事接二連三發生了太多，太陰啞然失言。

對音哉有點意見的太陰，聽到尸櫻的部分，臉色驟變。但是，看到昌浩平靜的眼眸、聽到昌浩淡淡的語氣，可能是覺得沒有自己插嘴的餘地，所以什麼都沒說。

提到件與來歷不明的男人時，她終於忍不住叫出聲來。

「你說什麼……?!」

太陰氣得直打哆嗦。昌浩把自己的假設說給她聽，作了最後的總結。

「所以，我想如果把紅蓮的神氣連同京城的汙穢一起送到尸櫻世界，說不定可以解決這件事。」

「這個主意是很大的賭注吧？」她露出似乎能理解又有點詫異的表情，深深嘆了一口氣，說：「你果然是晴明的孫子。」

「不要叫我孫子！」反彈似地回嗆後，昌浩苦著一張臉說：「不過，這是個想做也絕對做不到的賭注。」

「為什麼？」太陰疑惑地歪著頭。

昌浩合抱雙臂說：

「不可能，因為要有媒介才能連接通往尸櫻世界的道路，可是……」

已經沒有人在那個世界。那裡什麼都不剩了，有的只是沾染汙穢的櫻樹。

昌浩盯著自己的手掌。如果能帶一片在夢中抓到的花瓣回來，說不定就能保住連接的道路。

「南殿櫻樹的母樹，有沒有一點希望呢……」

晴明還沒醒來時，昌浩曾想過借用那棵櫻樹的力量。

他仰望沉沉低垂的天空，表情僵直。

太陰追逐他的視線仰望天空，視野裡出現了綁在雙耳上方的頭髮。

「……」

太陰猛然屏住了氣息。

昌浩的法術需要的是連接這個人界與尸櫻界的道路。

「喂，昌浩……」

「嗯？」

太陰瞪大眼睛看著昌浩。

「你需要媒介，對吧？」

昌浩被太陰的眼眸裡強烈氣勢壓倒，點著頭說：

「對，如果有跟這裡的人事物緊密相關的人或東西在那裡……」

「有！」太陰打斷昌浩的話，抓住自己的頭髮說：「有跟我和騰蛇相關的東西留在那裡！」

太陰這句話出乎意料之外，昌浩張大了眼睛。

◇　◇　◇

吃完早餐的內親王脩子，坐在矮桌前練書法。

平時小妖們會陪在她身旁，但今天她有點定不下心來，所以請它們先待在藤花的房間。

為什麼定不下心來，她自己知道。

脩子放下筆，垂下了肩膀。

信是昨天送出去的。因為使者是快馬疾馳，所以今天應該送到了。

接著要做好回京城的準備再出發，到達京城恐怕是好幾天之後了。

「真希望他快點回來……」

心浮氣躁。盤據在胸口深處的焦慮有如鉛般越來越沉重。

忽然，拍著風的翅膀聲在脩子耳裡震響。

就在她不經意地抬起頭的同時，目光被一隻飛進主屋的白鳥吸引了。

那隻鳥大約燕子的大小，有長長的尾巴，優雅地破風而來。

脩子看到它全身彷彿纏繞著淡淡的光芒。

在室內盤旋的鳥翩然降落在脩子的矮桌上，對她行了個禮。

「呀……！」

驚訝得說不出話來的脩子看得目不轉睛。那隻鳥在她面前發出更強烈的光芒，眨眼間就變成了一封打結的信。

脩子呆呆地看著打結的信好一會。

打結處插著一根羽毛，看起來沒什麼危險。

她慢慢伸出手，解開結，把信攤開。

白紙上的字跡流暢漂亮，墨水又黑又濃。

「……！」

逐字看下來的脩子，眼睛亮了起來。

她用手指撫過最後一行，確定意思後，站起身來。
心急的她不由得加快了腳步。
這封緊握在手裡的信，要趕快拿去給某人看，所以她直直地跑向了那個人。

上午的工作大致做完了，所以風音和藤花都回到了房間。
風音攤開京城的地圖，沉浸在思考中。藤花坐在她旁邊，做著針線活。
藤花手裡的布料，顏色保守，並不適合她自己或脩子。
還差一點就完成了。
龍鬼盯著專注地捻著針線的藤花，好奇地開口了。
「喂，藤花……」
藤花停下捻針線的手，偏起了頭。
「那是男人的衣服吧？」
「是啊。」
藤花瞇起眼睛，又繼續縫衣裳。
「我想等晴明大人回來，就把衣服送過去……好了，完成了。」

處理好針線後，藤花把衣服攤開。

「雖然比不上露樹阿姨的手藝，但是，這個顏色一定很適合晴明大人。」

前幾天左大臣送給侍女們的許多布料當中，有這麼一疋布。藤花一眼看見這疋布，就覺得很適合晴明，選了這疋布。

其實，她還看中了另一疋布，趁其他侍女不注意時，悄悄抱起那疋布回到了房間。現在正放在針線整理盒裡。那疋布的顏色，穿在女孩子身上，也是有點黯淡。

小妖們當然都看出來了。

三隻小妖彼此使個眼色，仔細端詳剛做好的衣服。

「嗯嗯，原來如此。」

「這個顏色的確很適合晴明。」

「藤花真有品味。」

小妖們細心觀賞，讚不絕口，藤花對它們淡然微笑。

這時候，脩子氣喘吁吁地衝進來。

「哎呀，公主殿下。」

藤花瞪大了眼睛，風音也驚訝地抬起頭，脩子把手中的信遞給她們。

「妳們看……」

脩子跑得上氣不接下氣、肩膀上下起伏。藤花把水瓶裡的水倒入茶杯，遞給了她。

風音接過脩子手中的信，攤開來，很快看過一遍。

「哎呀……」

張大眼睛，只冒出這兩個字的風音，把信交給藤花。

起初，藤花有些猶豫，不知道自己該不該看。脩子和風音對她點點頭，她才打開來看。

信上排列著令人懷念的流暢筆跡。藤花看著看著，不禁眼眶泛淚，視野朦朧搖曳。

「晴明大人……」

因為脩子的委託，晴明大人趕回京城，現在已經到了安倍家，所以信上說有任何事要交辦，他都可以隨時來竹三条宮。

小妖們興奮地起鬨。

「藤花，妳好厲害！」

「正好在這時候做好衣服，好像知道他什麼時候會回來！」

「快拿去給他吧，他一定會很開心！」

看到小妖們嘰嘰喳喳喧鬧，脩子疑惑地偏起頭。

猿鬼告訴她事情是這般那般，做了說明。脩子聽完後，臉色亮了起來。

「那麼……」

◇　◇　◇

車輪嘎啦嘎啦作響的牛車，發出戛然而止的聲響。

睡得昏昏沉沉的車之輔，不知道為什麼，猛然抬起了眼皮。

它眨眨眼睛，四下張望。

為什麼呢？雖然是陰天，看不見太陽，但現在應該還離黑夜很遠。

《心情為什麼這麼浮躁，靜不下來呢……》

抬起車轅深思的車之輔，聽見橋上有人說話的聲音。

那人敲了門後，正在報姓名。

心情紛亂的車之輔，悄悄爬上了河堤。

它是妖車，一般人看不見它。而且恐怕誰也想不到，妖車會在大白天出沒吧。

吃力地爬到路上的車之輔，看到一輛牛車停在主人的家門前，還有一個身影消失在門內，它的眼睛張大到不能再大了。

脫掉披著的衣服，瞇起眼睛的藤花，心中充滿了懷念。

幾年沒回來了呢？鑽過大門時，緊張到連自己都覺得好笑，心跳快到沒辦法控制。因為先派人通報過，所以露樹聽見牛車停在門前的聲音，就迫不及待地出來迎接。眼眶泛著淚，為重逢欣喜不已的露樹，看起來比藤花記憶中老了一些。除了歲月的流逝之外，昌浩背負嫌疑時一定也讓她牽腸掛肚，頭髮更斑白了。

然而，從她溫柔的眼神，依然可以感受到她的慈愛與深情。

「公公在他房間。」

為重逢開心了好一會後，露樹指向了裡面，卻沒有要帶路的意思。

藤花深深點個頭。自己並不是客人，所以不需要有人帶路。

直到現在他們還是把她當成家人，她由衷感到高興。

走在通往最裡面房間的走廊上，所有事物都令她懷念，她好想停下腳步看個夠，但忍住了。

打過招呼進入房內時，原本躺著的老人正撐起上半身，倚靠著憑几坐起來。

藤花慌忙跪下來。

「晴明大人請躺著休息……」

老人笑著搖搖頭。十二神將水將把外褂披在他肩上。

個子嬌小的神將，面無表情地看著藤花。

「好久不見了，藤花。」

「是啊，你氣色不錯呢，太好了，玄武。」

晴明叫藤花靠近一點，藤花便移到墊褥旁邊。

她把帶來的布包推到晴明前面，輕柔地解開了布包。

晴明微微張大了眼睛。

「這是……」

「這是我做的衣服，想等晴明大人回來後送給晴明大人。」

聽說才剛剛做好，彷彿配合了他的歸期，老人笑得樂不可支。

「這樣啊這樣啊……能讓藤花小姐為我做衣服，我晴明真有福報。」

才剛把衣服攤開，就被玄武伸手搶走了。他粗魯地扯掉剛才替晴明披在肩上的外

褂，把藤花做的衣服披上去。

然後，他合抱雙臂，點個頭說：

「嗯，很適合你呢，晴明。」

「呵呵呵，你羨慕嗎？玄武。」

「並不會。」玄武冷冷地回答，轉頭對藤花說：「我為什麼要羨慕妳為晴明做的衣服呢？真不懂他在說什麼，對吧？藤花。」

藤花嘻嘻笑著，不置可否地歪著頭。

玄武嘆口氣，忽地隱形了。

晴明細瞇起眼睛，骨碌環視房內。

「很久沒回來了，很懷念吧？」

「是的……晴明大人，您看起來氣色不錯，我就放心了。」

藤花打從心底鬆了一口氣，晴明看著這樣的她，笑得更開懷了。

脩子知道晴明回到京城，所以派藤花來替她探望晴明。

命婦聽說這件事，起初很不高興。可是，考慮到藤花是晴明的遠親，又沒有其他更合適的人，只好勉為其難地答應了。

因此，藤花才能回來自從十三歲去伊勢後，四年不見的安倍家。

雖然「回來了」，但也只是短時間而已。現在她是竹三条宮的侍女，安倍家不過是以前待過的地方。

現在她該回去的地方是竹三条宮。

而且，命婦交代過她不要待太久。

替內親王前來，探望過晴明，把脩子的話轉達給晴明後，她就必須馬上趕回竹三条宮。

脩子想了很多要告訴晴明的話，最後命令藤花轉告晴明如下。

歡迎你回來。不過，即使是搭乘神將的風回來，從吉野到京城的距離也不會縮短。長時間趕路會很疲累，所以你要充分休息，解除疲勞。

然後，找個合適的時間，盡可能早點來竹三条宮。還有，進宮讓皇上看看你健朗的樣子，讓他安心。

「以上是公主交代的話……」

聽完脩子的話，晴明誠懇地回應：

「公主也為我操了許多心呢，請務必轉告她，我平安無事。」

「是，我想她一定會放心。」

藤花感慨萬千似地瞇起眼睛，對晴明行了個禮。

「那麼，很抱歉來去匆匆，容我告辭了。」

「回竹三条宮的路上，請注意安全。」

藤花微笑著點點頭。

走出房間，藤花喘口氣，閉了一下眼睛。

說不定這是最後一次踏入安倍家了。

她慢慢前進，感受走廊的觸感。

這時候，玄武出現在她眼前。

「我受命保護妳回竹三条宮。」

玄武轉過身去，大步向前走，藤花急忙跟在他後面。

在走出家門的泥地玄關前，玄武突然停下來了。

「啊，糟糕，我忘了一樣東西，藤花。」語調非常平淡的玄武，回頭對藤花說：

「晴明要送給內親王的禮物，放在南棟最裡面的房間。不好意思，可以去幫我拿來嗎？」

「咦……？」

「我趁這時候先確認外面有沒有異狀。」

才說完，玄武就倏地隱形了。

藤花屏住氣息，不由得雙手交握。

南棟最裡面的房間。

心頭小鹿亂撞。

藤花稍微提起勇氣，跨出了步伐。

現在這個時間，他正在工作。

但為了謹慎起見，藤花還是先敲門，確定沒有回應，才輕輕拉開木門。

8

結束四個時辰的書庫輪值，昌浩很快地在值班室換上狩衣，悄悄溜出了陰陽寮，幸好周圍都沒有人。

貴族在宮裡都是穿公卿禮裝或直衣。沒什麼人穿狩衣，所以被看見的話會被質疑。

昌浩對自己施行了葉隱之術，這樣任何人都看不見他。

這個法術就像躲在樹葉或樹木背後，即使有人站在他前面也看不見他。

昌浩是在播磨修行時學會了這個法術。

在守門衛士沒察覺的狀態下，昌浩走出皇宮，前往朱雀大路。

夜已經深了，漆黑的朱雀大路感覺特別冷清。

不只冷清，還給人微微的不祥預感。

大部分的京城人可能都有這樣的感覺，所以目光所及，家家戶戶、所有建築都是大門深鎖，也沒有人在夜路上走。

昌浩邊跑向目的地，邊抬頭仰望天空。

沒有星星、月亮的天空，似乎比白天更低垂。

忽然，背脊一陣寒顫。

直覺告訴他，小到肉眼看不見的黑虫們正俯瞰著他。

他邊跑邊集中精神，搜索地底深處。

他要檢視龍脈的流動。

滯塞的陰氣沉入地底下，深達龍脈，攪亂了脈流。

花精神去找，就能感覺到處處都有陰氣的滯塞凝結。

昌浩咬住了嘴唇。

陰氣濃濃沉滯的地帶，都有龍脈混亂的現象。

氣的流動有問題，像是被什麼堵住，開始倒流了。沉入地底的陰氣又往上覆蓋，使氣失衡，嚴重偏向陰的一方。

感覺特別喘，呼吸比平時困難。

到了晚上，充塞大氣的陰氣就更濃烈了。

與昌浩同步奔跑的小怪，咂咂舌說：

「好嚴重。」

「要趕快設法解決。」

小怪面有難色。

「拜託你啦，紅蓮。」

小怪只甩一下長長的尾巴，沒有回答。

太陰很肯定地說，有媒介可以連接尸櫻世界與人界。

——騰蛇用來燒掉我頭髮的火焰，一定滲入了那個東西裡。

昌浩問太陰那東西是什麼？太陰指著綁在恢復原狀的頭髮上的髮繩。

——我把燒到只剩一半的髮繩留在那裡了。

太陰把髮繩扔在那裡了，也沒有其他人幫她撿回來。

雖然那一帶被邪念吞噬了，但最糟也只是那樣。

運氣好的話，一定還留在那裡。

即使神氣被邪念吞噬了，也不會連燒到剩一半的髮繩也消失不見吧？那些邪念只會啃食無形的生氣。

騰蛇那一瞬間的火焰，是毫不留情地淒厲。

提起這件事的太陰，臉上有拂不去的恐懼，昌浩都看見了。

十二神將中最強的鬥氣，強烈到幾乎炸飛了太陰的神氣。

被毫不留情撲過來的火焰燒掉的髮繩，應該沾染著鬥氣。

昌浩的胸口燃起了希望。

真是這樣，就能把紅蓮的火焰與神氣當成媒介，鋪設通往尸櫻世界的道路。

道路通了，就能把充斥這京城的陰氣，全部送到那個世界，再封鎖起來。

聽完昌浩的想法，小怪說：「真的做得到嗎？」懷疑地皺起了眉頭。

順道一提，太陰敏感地察覺到小怪又折回來了，臉色便逐漸發白，連對昌浩說聲再見都沒有，就一溜煙逃走了。

太陰突然消失，昌浩一時目瞪口呆，就看到小怪冒了出來。

她的直覺未免太敏銳，對小怪的感知能力也超驚人，令昌浩佩服不已。

雖然話還沒說完，但太陰留下了重要的情報。

燒到剩一半的髮繩對太陰來說，應該是非常可怕、難過的記憶吧。

然而，她卻為了昌浩回想起那件事，告訴了昌浩。

這樣就足夠了。

昌浩們到了朱雀大路的一隅，離京城中心很近的地方。

陰氣沉滯到令人胸口鬱悶，是至今以來最嚴重的狀態。

小怪邊注意周遭狀況邊低聲說：

「把陰氣整個送到那邊去，萬一尸櫻枯萎了怎麼辦？」

陰氣濃度太高，櫻樹來不及淨化，就會沾染汙穢，枯萎而死。

昌浩點點頭，對擔憂的小怪說：

「我有辦法。」

他並不是樂觀到相信紅蓮的鬥氣能戰勝汙穢等所有一切。

那個世界的邪念，把勾陣的神氣連根拔起、吞噬了神將們的神氣、吸走了昌浩和晴明的靈氣。

再把充斥京城的汙穢、攪亂龍脈的沉滯，往那些邪念上面覆蓋，就算紅蓮是十二神將中最強的一個，恐怕也很難有勝算吧？

所以，昌浩想了其他辦法。

為了預防萬一，他在離開皇宮之前，先放了式去找風音。告訴風音他現在要做的事，請她必要時出手相助。

才剛踏出皇宮，昌浩就看到烏鴉在他頭上盤旋。

那隻烏鴉像一般的烏鴉般張開嘴巴，發出尖銳的叫聲。昌浩看它一眼，它便滿意地點點頭，飛向了竹三条宮的方向。

昌浩這才想起自己是竹三条宮的御用陰陽師。

被施行停止時間之術的敏次正在沉睡。在他獲救前，昌浩等人必須輪班看守書庫。可能要派人通知脩子，自己暫時不能過去了。

「回去後，在小睡之前先寫封信吧……」

所謂「回去」，是指回到陰陽寮的值班室。寫好信後，再拜託有空的雜役或直丁，送到竹三条宮。

決定了該做的事之後，昌浩轉換了心情。小怪也呼應他，甩了一下長尾巴。

他隔著上衣，抓住用來彌補眼睛的道反勾玉。早已沒有香味的香包，現在也還掛在他的胸前。

環視整條寬闊的朱雀大路後，昌浩結起了手印。

小怪擺好架式。

「禁——！」

看不見的牆壁，悄然無聲地形成。萬一有人經過，也能靠這個法術隱藏這附近可能發生的事。

昌浩的咒文響徹天際，劃破了夜晚的黑暗。

「阿波利矢、遊波須度萬宇佐奴、阿佐久良仁……」

言靈的波動搖撼大氣，發出聲響。

為了把彌漫整座京城的陰氣統統集中到這個中心，昌浩召喚了風神。

「恭請志那都比古神降臨！」

風回應招神咒文，逆向旋轉，發出咆哮般的聲響，颳起狂瀾般的颶風。

「哇……」

被風吹得踉蹌了幾步的昌浩，差點跌倒，勉強重整了架式。

種在朱雀大路兩旁的柳樹，大大彎曲搖晃。幸虧是柳樹，還能撐得住。若是其他樹木，已經被無情地折斷了。

疾風無拘無束地奔馳，很快捲起漩渦，向這裡集中。

陰氣被從四面八方吹過來。

慢慢聚集過來的陰氣沉澱，化為淡淡黑煙，開始在昌浩和小怪周圍飄蕩。

小怪的耳朵抖動了一下。

那低沉的拍翅聲，混雜在風聲裡悄悄靠近了。

視線一掃，就看見大群黑虫，還有衣衫襤褸、走路搖搖晃晃的傀儡，從各個地方冒出來，漸漸包圍了捲起漩渦的黑煙。

從土裡啵叩啵叩爬出來的傀儡，都是被黑虫吃掉的京城居民。

被吃掉後沾染陰氣而失去皮、肉、內臟的骸骨，嘎嗟嘎嗟作響慢慢逼近。

那裡面的魂已經蕩然無存，有的只是莫名其妙被蟲咬死的不甘心，以及對活著的人的陰沉嫉妒與憤怒。

「為什麼偏偏是自己」的負面意念，使陰氣更加膨脹壯大。

骸骨的手應該可以輕易撕破人的柔軟皮膚，把肉捏碎吧？

在黑虫交錯亂飛中，傀儡們搖搖晃晃地靠近。昌浩躲過傀儡的手，把傀儡抓起來摺倒。

響起清脆的嘎鏘聲，傀儡的身體四分五裂。骨頭折斷，碎片四散，被撕裂的衣服隨風飄揚。

踩過碎裂的骸骨向前衝的其他骸骨們，也都被昌浩面不改色地殲滅了。

這是在菅生鄉從神祓眾學來的武術。

要是輸給沒有意志的傀儡，就沒臉見夕霧他們了。

昌浩抓住傀儡冷得像冰的手，折斷壓碎，並敲碎它們的肩膀和肋骨。再從仰面朝天的頭壓下去，壓碎它們的腰骨，用它們向後仰的頭蓋骨撞擊其他傀儡的胸部。

纏繞著衣服的骨頭碎片，發出聲響滾落地面。昌浩對著試圖再站起來的骸骨，結起了刀印。

「裂破！」

靈壓氣勢凌厲地劈下來，把骨頭劈得粉碎，四處飛濺。

黑虫發出強勁的拍翅聲，捲起漩渦盤旋。

為了不被神風吹走，它們凝聚在一起，發出了拍翅聲。

是唧吱唧吱的奇怪聲響。

昌浩訝異地皺起了眉頭。

小怪觀察了好一會，眨了一下眼睛說：

「原來是下巴在震動啊……」

黑虫們像是在磨牙般，震響著宛如牙齒般強韌的大下巴，威嚇昌浩和小怪。

被風吹過來的陰氣越來越濃厚。淡淡的黑煙層層彌漫，帶著黏稠的感覺，撲天蓋地而來。

「啐！」

咂舌的小怪恢復了本性。

鬥氣迸射，把往下壓的沉滯陰氣彈飛出去。

昌浩拍手擊掌。清脆尖銳的聲響把黑虫群劈成了兩半。被彈飛出去的黑虫翅膀取代了陰氣的沉滯，掉落地面，響起了令人厭惡的噠噗聲。

昌浩大吃一驚。

地面開始冒出黑點，噴出黏答答的水滴。

無數張臉映在水滴上。是沉滯在地底深處的陰氣逐漸轉化成邪念。

駭人的寒氣扎刺全身。

突然膨脹迸射的陰氣，在籠罩的瞬間便削弱了昌浩的生氣。

昌浩屏住呼吸大叫：

「南無馬庫桑曼達、吧沙拉旦、坎！」

形成實體的陰氣被真言的威力彈開驅散。

昌浩結起手印，把刀印的刀尖抵在額頭上。

還不到時候，京城的陰氣還沒有全部聚集。

「恭請志那都比古大神仲裁！」

被召喚的神呼應昌浩的叫喚，展現出更強的神威。

狂瀾般的颸風襲向了京城。到處都有屋頂被吹走、牆壁被吹倒。房屋被風壓推得劇烈搖晃，發出嘎吱嘎吱傾軋聲。

「喂、喂，太強了……！」

昌浩慌張起來，臉色大變，風的威力就稍微減弱了。

他鬆口氣，觀察周遭狀況。

不知不覺中，黑虫群聚在碎裂的骸骨上，聚集成扭曲的形狀。

再也無法組合成人形的骸骨，纏繞著邪念匍匐前進，爬向了瞠目而視的昌浩。

昌浩屏住呼吸，眨了一下眼睛。

很恐怖，但更值得同情。

他們不過是看到一隻鞋而已。就只是這樣而已。

黑虫隨機吃掉了正好路過的人，把他們做成了傀儡。

有人在背後牽動這些人的線。

這個人很可能是柊子的妹妹菖蒲。

她一定在某處看著這個狀況。

陰氣越來越濃，昌浩快要不能正常地呼吸了。黏稠的陰氣充斥周遭。再繼續吸入這些陰氣，肺會沾染汙穢。

昌浩從懷裡抽出符咒，高高舉到眼前，閉上了眼睛。

有條髮繩在尸櫻的世界。

昌浩替那條髮繩取了名字。

「界繫階御靈啊。」

名字是最短的咒語。

「請回應此聲！」

取了名字，那東西就會成為陰陽師的式。

同時，紅蓮迸出鬥氣，把陰氣的漩渦往上推，貫穿了覆蓋京城的烏雲。

昌浩的靈力與紅蓮的鬥氣共鳴，在次元撬開了縫隙。

相隔遙遠的人界與尸櫻界，原本是絕不可能有交集的兩個世界，現在靠十二神將火將騰蛇的鬥氣鋪起了連接的道路。

彷彿會把肌膚烤焦的熱氣嫋嫋搖曳，形成一條熱氣蒸騰的道路。

但不會永遠存在。神將的神氣有極限，神氣用完了，道路就會消失。

「……可……惡……！」

紅蓮已經撐到臉部歪斜，忍不住呻吟了。

尸櫻界的風從連接的道路逆向吹來，撲向了紅蓮。他用灼熱的鬥氣驅散了會剝奪體溫和生氣的陰風。

紅蓮瞇個眼睛，把箍在額頭上的金箍彈掉了。那是從尸櫻界回來後，昌浩幫他箍上的。金箍邊灑落閃耀的光芒邊消失了。

解除封印後，紅蓮的鬥氣更加強烈，往上噴射，快把天空燒焦了。

尸櫻的世界充斥著陰氣。把神氣注入那裡，自然就會產生維持均衡的作用。

太陰燒到剩一半的髮繩，浮現紅蓮腦海。

只剩下微量的鬥氣成為誘因，幾乎把他所有的生氣連根拔起，送到了尸櫻的世界。

「唔……！」

灼熱的火焰熊熊燃燒。昌浩清楚看見了以朱雀大路為起點，垂直延伸到尸櫻界的火焰道路。

白色火焰龍被烏雲吸進去了。從紅蓮全身迸出來的鬥氣成為閃光，更劇烈地往上噴射。

昌浩結起刀印，用刀尖在天空畫出秘符。

「困困困、至道神勅、急急如塞、道塞、結塞縛！」

畫完的秘符瞬間放大，抓住了被風吹過來後凝結的陰氣。

「不通不起、縛縛縛律令！」

被抓住的黏稠陰氣纏住黑虫，封住了黑虫的翅膀。

昌浩拍手擊掌。

「一二三四五六七八九十！」

白熱的鬥氣道路膨脹起來，幾乎包住了整座京城。

充斥的陰氣被紅蓮的神氣拖走，如雪崩般滾入尸櫻的世界。

昌浩單膝跪下，雙手著地大叫：

「布留部、由良由良止布留部！」

沉澱在地底深處的陰氣，呼應神咒抖動起來。厚重凝結到攪亂龍脈的沉滯，蠕動般劇烈地扭擺起來。

響起陰森的聲音。是龍脈發出來的怒吼聲。

昌浩的心跳加速。

放出來的靈氣漩渦被拖進了地底深處。

那也就算了，連靈氣和生氣都被看不見的觸手抓住，墜入了地底最深處。

「怎麼會這樣……」

瞠目而視的昌浩，看見了人的手絕對搆不到的，位於深處的深淵底部。

有東西盤據在那裡。

在比陰氣凝結的沉滯更冰冷、更昏暗的盡頭的盡頭。

心臟狂跳。轉眼間，全身發冷，吐出來的氣也變白了。

連周圍溫度都急劇下降，刺骨的冰凍寒氣慢慢逼向了昌浩與紅蓮。

再也撐不住的昌浩，雙手、雙膝都著地了。

他奮力抬起頭一看，紅蓮也單膝著地，呼吸急促。

快到極限了。再不做最後的處置，斬斷道路，紅蓮會有生命危險。

然而，盤據在地底最深處，濃烈得可怕的沉滯，正逐漸剝奪昌浩的氣力和所有一切，他一步也動不了了。

這是怎麼回事？

連被靈縛困住的陰氣和黑虫，都快要被拖進地底了。

昌浩的胸口狂跳起來，突然全身發冷。

榎隱藏了什麼東西——被隱藏的是門。

心臟怦怦狂跳。

藏在尸櫻樹根底下的是門。從那裡溢出來的是死亡的汙穢。

活著的人碰觸到會被奪走體溫、生氣。包括氣力在內的所有一切都會被削弱，然後斷氣死亡。

「門……」昌浩茫然低喃。

從沉滯逃脫出來的黑虫們發出陰森拍翅聲，扎刺著昌浩的耳朵。

昌浩奮力抬起頭。

數量龐大的黑虫凝視著他和紅蓮。

從盤據在地底深處的汙穢，傳來蠢蠢蠕動的感覺。

昌浩倒抽了一口氣。
從未體驗過的恐怖汙穢爬上來，抓住了昌浩。
心臟狂跳。呼吸急促。戰慄從背脊直驅而下，全身豎起雞皮疙瘩。
他感覺纏繞著汙穢的某種東西，就要從地底深處爬出來了。
不知道是什麼。很像以前曾經體驗過的黃泉瘴氣。
黑虫的拍翅聲越來越響亮。傀儡們震響牙齒，吃吃獰笑著。
因為找到了。
所以開心到發抖，吃笑起來。
「不行……」
昌浩按著膝蓋，努力想站起來。
那是眾榊裡的榎藏起來的門，不能讓智鋪打開。
這時，嘲弄昌浩般飛來飛去的黑虫，大舉飛撲過來。
放出神氣的紅蓮也瞬間就被淹沒，看不見了。
「紅蓮！」
傀儡抓住昌浩伸出來的手，狠狠地把他拽倒在地。

像是要報剛才的仇，它們撲到昌浩身上，反擰他的胳臂，施加壓力，企圖壓碎他的手肘。

昌浩硬是把衝到喉嚨的呻吟聲吞下去，咬緊了牙關。

必須想辦法解決。

可是，該怎麼做呢？

有東西在腦裡爆開。佈滿皺紋，令人懷念的臉閃過腦海。

他回來了。可是，現在不能動。幫不上忙。

「……！」

但他還是用幾乎聽不見的聲音叫出了名字。

瞬間。

靈壓在汙穢底下的更深處爆裂了。

群聚在昌浩和紅蓮身上的黑虫，瞬間消失了。

沉滯的汙穢也不知道為什麼轉成了陽氣。

被昌浩的靈縛困住的汙穢，全部被移送到尸櫻的世界了。

紅蓮的鬥氣噗地消散了。

搖晃倒下的神將忽然消失了蹤影，接著咚吵一聲，變成白色小怪掉在路面上。

「小、小怪！」

昌浩爬向了小怪。

緊閉著眼睛的小怪還有一絲氣息，但全身冷得像冰一樣。

確定用神氣鋪設的道路已經消失，昌浩趕緊察看周遭狀況。

到處都感覺不到陰氣、汙穢。

盤據在地底深處的東西也消失得一乾二淨。

「為……什麼……」

發生了什麼事？頭腦混亂的昌浩，茫然地環視周遭。

突然有個身影掠過視野。

昌浩猛然轉向那裡，不由得倒抽一口氣，懷疑自己的眼睛。

站在那裡的是榎豈齋本人。

「啊……！」

昌浩大叫後才看出來。

那不是實體。

世界看起來變形重疊了。聲音聽起來支離破碎，彷彿身在水裡。

這是留在這個地方的記憶。

他的模樣非常年輕，比昌浩在夢殿見到他時還要年輕。

癱坐在地上的昌浩，眼睛眨也不眨地注視著榎岦齋。

◇　◇　◇

年輕人在朱雀大路來來回回地走動，踢踢地面，點點頭。

「嗯，就選這邊吧……」

為了慎重起見，他環視周遭，仔細確認四下無人。

不可以讓任何人知道。不可以讓任何人看見。

「要請妖怪、神明都暫時從這裡撤走。」

他單手結印，在嘴裡唸咒文。

他才剛剛來到這個京城。

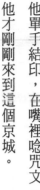

長途旅行令他疲憊不堪，很想快點找到床鋪躺下來。

「呼，只差一點了、只差一點了。」

他用一隻手結印，用另一隻手掐指計算。

「呃，攝津、山城、大和、還有淡路……很好，沒問題了。」

離開故鄉後，他繞巡好幾個藩國，確認偷偷設置的機關有沒有異狀。

他邊吐口氣，邊點著頭。

「就在這裡收尾了……」

挺直背脊調整呼吸的年輕人，表情頓時嚴肅起來。

「以我們榊之名，做成虛假之門『留』。」

所謂的「留」是眾榊使用的隱語，意指虛假之門。

那是模擬通往根之國的入口之門做成的替代之門。

是眾榊為了隱藏真正的門，在全國製造出來的精巧仿冒品。

並且在這個被深埋在地底下的門，留下了虛擬的汙穢。

即使有人找到，也會被虛擬的汙穢欺騙，不會發現這是替代的假門。

但是，凡事都沒有絕對。眾榊也知道，有人執拗地在搜尋這個門。

從忌部分出來的眾榊的使命，就是把真正的門從敵人眼前完全隱藏起來，偽造替代的假門，留住敵人的腳步。

所以，用來欺騙敵人眼睛的門，被眾榊稱為「留」。

因此，還要把幾可亂真的汙穢，埋入「留」的底部。

是把在周邊飄蕩的陰氣拉過來，讓陰氣自然形成盤據的精製汙穢。

要製造汙穢，必須引發樹木枯萎，讓氣枯竭。

年輕人從懷裡拿出一個小布袋，把裡面的東西倒在手上。

那是用枯萎乾燥的榎木做成的小人偶。

上面寫著一個死字。

這世上最可怕、最令人嫌惡的東西，就是死亡的汙穢。

把這東西埋在虛假之門底下，被死亡引來的汙穢就會盤據在這裡。

年輕人把人偶放在地上，退後幾步，拍手擊掌，閉上了眼睛。

「布留部布留布、由良由良止布留布。」

接下來唸的是災禍之神、災禍之物的名字。

有好幾種災禍。

都是在大祓詞裡被記載為天津罪、國津罪、許許太久之罪的災禍。

他帶著陰氣之聲，把這些災禍都放入地底下。

言語只要唱誦就能成為現實。言靈會招來現實，尤其是陰陽師的言靈，更具有強大的威力。所以陰陽師絕不會以言靈唱誦罪惡。

唱誦大祓詞的時候，只會說出天津罪、國津罪、許許太久之罪。即使知道那些是什麼東西、即使記載在裡面，平時也絕不會動用言靈。

只要了解這世間的哲理，想也知道，把罪惡說出來會引發什麼事。

這些東西眾榊的年輕人都明白，卻還是動用了言靈。

「呼……」

年輕人深深吐出一口氣，把整個肺都清空了，再擦拭額頭冒出來的冷汗。

用盡力氣的年輕人，踉蹌了一下，當場癱坐下來。

他敲敲地面，把掌心貼在地面上。

確定在地下最深處的底部已經存在盤據的汙穢，以及用來隱藏汙穢的欺騙法術後，年輕人的眼神才和緩下來，鬆了一口氣。

「很好，結束了。」

仰頭一望，閃閃發亮的無數繁星，正俯瞰著年輕人。
他的視線掃過天空，一一數著那些光芒，喃喃說道：
「我才不會輸呢……」
抬頭看著天空的年輕人的眼睛，激動地蕩漾著。
他仰望著天空，顫抖著喉嚨說：
「我才不會被件的預言擊倒呢！」
張大的眼睛，泛著淚光。
在他出生時，就被件宣告了預言。這件事一直盤據在他心底，投下了灰暗的陰影。
鄉里的人都知道他背負著預言，總是以憐憫、同情來對待他。
看得出來，在那底下有著微微的恐懼。
年輕人都有感覺，但默默地活著。
不知道為什麼，鄉里的人的臉一一浮現腦海，年輕人咬住了嘴唇。
「你們可能不知道……」
低沉、椎心泣血的聲音，從喉嚨深處溢出來。
「駭人的……絕望……」

指甲嵌入緊握的手心裡，滲出了血。

年輕人離鄉背井，就是為了找到戰勝預言的方法。

他邊在全國製造「留」，邊尋找戰勝過預言的人，但到處都找不到。走過好幾個藩國，來到了這個京城。

會來這裡，是因為聽說了某個傳聞。

據說，這裡有個人類與變形怪之間生下的男人。這個男人擁有強大的靈力，就像活在彼岸與此岸之間，已經厭倦了這樣的生命。

這樣的男人，一定有一般人無法想像的難以言喻的想法吧？

找遍全世界，也沒有人能理解這個男人的想法吧？

那麼，與出生時就被件的預言困住的自己，或許有相似的地方。

而且，這個男人說不定能改變束縛自己的預言，以及被鋪設的道路。

仰天而望的年輕人欲哭無淚地笑了起來。

「希望嘍……如果真是這樣，就太好了……」

自言自語的年輕人，吃力地站起來。

拖著宛如鉛般沉重的身體，消失在某個地方——

9

年輕人的身影，消失在黑暗的彼端。

沒多久，完全看不見了。

「……」

昌浩搖搖晃晃地站起來。

強撐著一步一步東倒西歪地走到年輕人剛才所在的地方。

張大眼睛盯著地面的昌浩，喃喃說道：

「……五十……年……」

不，不對。

昌浩搖搖頭。

祖父已經八十多歲，他應該跟祖父同年。

他們是在二十歲出頭的時候認識的。

所以，在這地底下埋藏虛假之門，是在六十多年前了。

昌浩無力地跪下來，雙手著地。

這個被稱為「留」的虛假之門被施加了法術，不斷淨化著被汙穢召來的陰氣，又讓汙穢不會完全消失，經常盤據在地底下。

經過了六十年，這股靈力不但解除了昌浩的困境，還驅散了充塞的汙穢。

昌浩想起第一次見到他的時候。

——嗯……

他定睛打量昌浩，一副看出了什麼的樣子，再三地點頭。

昌浩想起那時候的事。

——啊，你竟然來到了這種地方，好慘哪。

感覺是很遙遠的事了。

昌浩問他是誰？他嗯嗯地沉吟了一會，抿嘴笑了起來。

——這是……秘……密。

「……」

昌浩握起貼放在地上的手，深深吸了一口氣。

無法壓抑的情感湧上心頭，他呼吸急促，眼角發熱。

以前，心還很稚嫩、年紀還很小的時候。

他曾經拉起了被逼入絕境的昌浩。

其實，他自己更是被沉重的預言困住、被擊倒、心靈嚴重受創。

「唔……」

昌浩呼吸困難，把聲音壓在喉頭，顫抖著肩膀。

長久以來、長久以來。

他痛苦著、抗拒著，卻還是完成命運賦予他的使命，持續保護著這個京城、保護著這個國家。

留下來的法術，還在六十年後救了昌浩。

「嗚……」

昌浩用力擦拭眼睛，深吸一口氣。

——總之，你就叫我厲害的陰陽師吧。

啊，真的呢。

「好厲害的陰陽師……」

即使因為樹木枯萎、氣枯竭，而被京城汙穢的陰氣攻擊，虛假之門也不為所動。

盤據的沉滯帶來的陰氣，兩三下就被那股靈力驅散了。
可以做到這種常人無法做到之事的人，昌浩只知道另一個。
他做個深呼吸，抬起了頭。
星星在天空中閃爍，一直覆蓋著京城的雲不見了。
環視周遭一圈的昌浩，忽地把嘴唇抿成了一直線。
到處都是倒下來的軟趴趴的傀儡，顫抖著扭來扭去。
黑虫消失了，陰氣被清除，傀儡雖然還勉強保有外形，但也支撐不了多久。
丟著不管，這些傀儡也會自己瓦解消失。
但是，這樣會留下意念。它們被強行剝奪了生命、被當成棋子丟棄，這樣的怨恨、悲哀會在京城徘徊，不會消失。
總有一天，會引來同樣的情感，彼此糾纏、交錯盤結，在各個地方沉重且陰暗地堆積起來，改變樣貌。
人們把這種東西稱為怪物。
昌浩瞥一眼白色的異形，疲倦地笑了起來。
小怪動不動就大叫我不是怪物的模樣，閃過腦海。

它說得沒錯，可是沒辦法幫它改名字了。
昌浩用力撐起膝蓋站了起來，拍手擊掌。
「身罷天、影毛形毛、無久那流婆、禰多志止云布波、那登加有良米也。」
昌浩為亡者們的靈魂嚴肅地唱誦。
「天地遠、二葉仁分流、神心、御魂波元仁、返方志多麻方與。」
傀儡們的動作戛然而止。
「生禮來奴、前毛生禮天、往來流世毛、罷流毛神乃、布登古呂乃內——」
昌浩再次拍手擊掌，張開眼睛。
襤褸破爛的衣服啪噠掉落，宛如沙子的白色碎片隨風飄逝，消失了蹤影。
昌浩想撿起衣服，但手一碰，纖維便啪啦啪啦鬆開，逐漸潰散。看到這樣，他再次拍手擊掌。
空氣震動，最後殘留的一點布也無聲地碎裂了。
「接下來——」
昌浩仰望星星閃爍的天空。
接下來還有事要做。

被送往尸櫻世界的汙穢，都跟紅蓮的神氣一起灌入了那個世界，所以不會馬上再充斥陰氣，但遲早還是會。

昌浩瞥了一眼動彈不得的小怪。

小怪擔心萬一尸櫻枯萎了怎麼辦？當時昌浩回它說自己有辦法。

他調整呼吸，集中全副精神。

被送到那裡的汙穢，被施加了昌浩的靈縛。

那就是媒介。

「因此——」

尸櫻是靠魔性封鎖了門。而那個世界供奉著尸櫻。

昌浩決定把整個尸櫻世界供奉為神。

「櫻咲早矢乙矢大神。」

取了名字，就會變成完全不同的另一個東西。

昌浩嚴肅地奏上了供奉為神的秘詞。

即使是位在超次元的遙遠地方，只要照形式供奉，那東西就會變成神。

以後持續祭祀，這個神就會保護將自己供奉為神的人。

這是這個在世界誕生時，就被訂定的哲理。即使是神也不能違背哲理。

既然整個尸櫻世界都被昌浩供奉為神了，那麼，那個世界的門也成了名為櫻咲早矢乙矢大神這個神的一部分，沒有昌浩的同意，絕對打不開。

而且因為變成了神，那裡的門也會從根幹處改變樣貌。

那個門再也不會對人界的門造成影響了。

全心全意唸完秘詞的昌浩，當場癱坐下來。

身體好重，不聽使喚。

才剛察覺莫名的熱度，強烈的倦怠感便湧了上來。

昌浩垂下頭，吁吁喘氣。

「累死了……」

真的到極限了。

他緩緩扭動脖子。

離早晨還很久，當然沒有人經過大路。

好安靜。路旁的柳樹離這裡很遠，所以可能是從樹根傳來的蟲叫聲，要仔細聽才聽得見。

「啊……有蟲叫聲呢。」

昌浩眨眨眼睛，喃喃自語。

長久以來陰氣彌漫，被沉鬱冰冷的汙穢覆蓋的京城，生物的氣息幾乎都斷絕了。

看來只是沒有氣息，並不是消失了。可能是提高警覺，屏住氣息，隱藏了行蹤。

星星宛如撒落的光芒碎片，在湛藍的天空中眨著眼睛。

「啊，好美。」

昌浩用虛弱的語氣悠閒地低喃。

他坐在朱雀大路中央，吹著好久不曾吹過的舒爽涼風。

心裡想著該回去了，耗盡氣力的身體卻不配合，怎麼樣都動不了。

每個動作都好吃力，眼睛隨時可能闔上，他拚命撐住了。

「必須把小怪帶回去……」

昌浩還能勉強保持清醒，小怪則是完全陷入昏睡了，大概很接近以前勾陣的狀態。

在神氣恢復到某個程度之前，恐怕不會醒來。

「是我把它累壞了……」

昌浩匍匐爬過去，好不容易才抓到小怪的尾巴。

即使把它拖過來，它也是動也不動。

通常，這時候它會大叫：「你幹嘛啦！」現在卻這麼沒反應，讓昌浩有點擔心。

「小怪？」

他在小怪耳邊叫喚，小怪沒回答也沒反應。

可是有在呼吸，胸口上下起伏，所以只是睡著了。

昌浩把小怪扛在肩上，按住膝蓋，強撐著站起來。

這時候他不經意地看看自己的樣子，詫異地眨了眨眼睛。

「哇！」

身上的狩衣破爛不堪。

難道是被大群黑虫的下顎扯破的？

他慌忙檢查裸露的皮膚有沒有受傷。萬一被下蛋就麻煩了。

幸好臉、脖子、手和手臂都沒事。

小怪看起來也沒有受傷。

昌浩不禁感嘆，自己的模樣也太慘了。

沒有靈力再使用隱藏身體的「葉隱之術」了，他不能這個樣子進入皇宮。

無法可想了。

「先回家一趟吧……」

可是，這裡離安倍家很遠。皇宮比安倍家近，但也很遠。

不知道天亮前能不能走到。

想到路程，就更疲倦了。

昌浩全身發軟，連走路的力氣都沒有了，抬頭呆呆望著天空。

杵立半晌後，有聲音掠過耳朵，昌浩眨了眨眼睛。

「車子……？」

他喃喃低語，慢慢移動視線。

星光灑落的朱雀大路上，似乎有灰白的光芒在黑暗前方亮了起來。

定睛注視好一會的昌浩，倒吸了一口氣。

「啊……」

他似乎想到了什麼，強撐到極限的最後一條緊繃的神經線，噗吱斷裂了。

差點癱坐下來的昌浩，告訴自己絕不能倒下，使出渾身氣力撐住了。就在這時候，

纏繞著鬼火的妖車直奔而來。

《主人——！》

車之輔找到昌浩，發出嘎啦嘎啦的車輪聲，以驚人的速度飛也似地趕到。

在昌浩旁邊緊急煞車的車之輔，骨碌改變車體方向，彈起了後車簾。

《在下來迎接您了！快，請上車！》

昌浩感激涕零。

「車之輔……你真是個優秀的式呢……」

把動也不動的小怪扔上車後，昌浩自己也爬上了車子。

再把腳拖進車內，喘口氣，就連一根手指也動不了了。

「呼……」

吐出筋疲力盡的一口氣，昌浩的眼皮就掉下來了。

「……」

跑向安倍家的車之輔，邊眼觀四方，邊輕輕張嘴說：

《呃……主人……》

沒有回應。

《呃……老實說……是……》

車之輔稍作停頓，豎起耳朵仔細聽。

只聽見從車內傳來的兩個規律的鼾聲。

《累壞了吧……》

擔心主人的車之輔皺起眉頭，稍微減緩了速度。

為了減少震動，它盡可能繞路選平地走。

嘎啦嘎啦聲大作，車之輔驚慌地張大了眼睛。

《啊，糟糕，對不起，主人！》

它反射性地道歉，但得到的回應依然只有鼾聲。

在安倍家門前停下來的車之輔，用力地搖晃車體。

被不同的震動晃醒的昌浩，張開了眼睛。

「啊，到了。」

雖然時間很短，但昌浩完全熟睡。

所以，覺得身體輕盈了一些。

他拖著小怪的尾巴，搖搖晃晃地走下車。

把小怪吃力地扛到肩上後，他手按著額頭，呼地喘口氣。
「我換件衣服就來，你在這裡等一下。」
已經不打算自己走到皇宮的昌浩，東倒西歪地鑽進大門。
他沿著庭院走向自己的房間，到外廊時，先靠著外廊喘口氣。
「以前的我居然會想到收車之輔為式，實在太厲害、太偉大了。」
他邊稱讚十三歲時的自己，邊放下小怪，爬上外廊。
「再撐一下就行了，不能屈服、不能倒下來。」
他邊激勵自己，邊抓著房間的木門站起來。
「總之，先換衣服，再回陰陽寮……」
踏入房間的昌浩，不由得屏住了氣息。
忽然一個踉蹌，背部咚地撞上了木門。
昌浩靠著門，只轉動施加了暗視術的眼睛，環視一片漆黑的室內。
「……」
記得出門時，唐櫃的蓋子是半開的。
櫥子的門也沒關上，拿出符咒後的盒子，應該是放在矮桌上散亂的紙上。

墊褥上的外褂是斜斜地掀開一半。為了查資料看過的書、卷軸，因為打算事後再整理，所以都先堆在牆角。

脫下來的狩衣，縐巴巴地扔在地上。

可是，那些都……

昌浩環視室內，眼睛眨也沒眨一下。

「——」

唐櫃的蓋子蓋上了。紙張對齊邊緣擺在矮桌上。蓋上蓋子的盒子，放在關上了門的櫥子上面，積了一點點的灰塵也被擦乾淨了。

原本斜斜掀開一半的外褂，平平地鋪在沒有縐摺的墊褥上。重新捲好的卷軸，堆在一個地方。書角對齊的書籍，書背向外，按集數排列。

昌浩站在漆黑的室內，張大眼睛，搖晃了一下。

原本縐巴巴揉成一團的狩衣，折得整整齊齊。

放在老地方。

「……」

昌浩跪了下來，慢慢把手伸向狩衣。

剎那間，十分微量的香氣撲鼻而來。

他知道這個味道。

掛在胸前的香包，以前也是這個味道。

不用問任何人也知道。

她回來過。

應該是因為某種理由，短暫回來了一會兒。

然後，理所當然似地把這裡打掃乾淨，很快就離開了。

若不是這樣，在昌浩回來之前，她一定不會睡覺，等著昌浩回來。

昌浩拿起折好的狩衣，輕輕貼放在額頭上。

「真糟糕……」

早知道就應該先整理好。

不該麻煩她，不該讓她操心。

看到亂成這樣，她不就知道自己忙到日常瑣事都先拋在一邊了嗎？

會養成脫下來就隨便丟的習慣，是因為再看到時，都已經折好了。

有人為自己這麼做，感覺很開心，就那樣放縱自己了。

而今，為自己折衣服的人已經不在了。若不自己折，脫下來的狩衣不管放多久都是縐巴巴一團。

昌浩心裡明白，卻無論如何都會拖到最後。

「要好好整理才行……」

把衣服貼在臉上的昌浩，用幾乎聽不見的聲音喃喃自語。

◇　◇　◇

黎明的氣息逐漸靠近。

窩在九条宅院的柊子，發白的右半邊臉，露出不安的表情。

出現在西洞院大路的女孩，是應該已經死亡的妹妹。

至少，柊子是這麼相信的。

妹妹還活著。

喜上心頭是事實，但柊子同時也感到戰慄。

妹妹帶著件，帶著那個會宣告毀滅預言的妖怪。

很多人因為被件的預言困住而毀滅。

在這個京城設置「留」的榎的後裔，也是其中之一。

柊子的視線一一掃過豎立在四個角落用來祓除的樹枝，咬住了嘴唇。

「妹妹……到底想做什麼……」

那孩子什麼時候投靠了智鋪眾？

她究竟知不知道，智鋪祭司讓病死的自己活過來了？

既然有柊的後裔參與，那麼，柊設置的「留」，智鋪眾應該都知道了。

椿、楸都滅絕了，他們設置的「留」也失去了效果。柊承接了這些門，但柊也只剩下柊子和菖蒲了。

聽說榎的後裔擁有驚人的靈力。

可能是在出生時就被預言綁住，所以宛如死裡逃生的人，力量特別強。

「……」

柊子盯著自己沒有任何傷痕的右手心。

自己曾經死過一次。全靠文重的魂虫，把心和這個身體聯繫在一起。

「……」

她的眼眸蕩漾著哀傷。

再不把魂虫放回文重的體內，文重就會死。沒有他，柊子活著也沒有意義。

必須讓文重活下去。為此，她不惜再死第二次。

淚水從柊子的眼睛滑落。

文重一定會哭。哭了又哭，哭到昏死過去吧。

想到就好難過。

「……」

柊子在衣服下面，抓住因肌肉潰爛而骨頭外露的手。

「不……」

丟下他離開，太痛苦了。跟他分開，太痛苦了。

「我想活下去……跟文重哥永遠在一起……」

柊子抖動喉嚨，低聲嗚咽哭泣。

見到以為已經死去的妹妹，又燃起了她不該有的希望。

這條命是靠文重維繫的虛渺之命，不久後就會殺了她所愛的文重，成為一團汙穢。

她想起眾榊設置的「留」。

有建立虛假之門的力量，為什麼沒辦法留住生命呢？

有能力把持續淨化汙穢的法術擺在「留」的底下，為什麼沒辦法袚除自己身上的死亡汙穢呢？

擁有這樣的力量，為什麼沒辦法治癒那種病？

祖父、母親為什麼都吐血而死了呢？

為什麼自己也吐血而死了呢？為什麼非死不可呢？

每次這樣悲嘆、這樣絕望哭泣，柊子已淪為死亡汙穢的心，就會一點一點地沉滯。

哭得抽抽搭搭的柊子，彷彿聽見微弱的拍翅聲，慢慢環視周遭。

通往外面的木門緊閉著。她怕文重擔心，所以關上了。

外面應該有昌浩佈設的桃子結界，難道是黑虫突破結界進來了？

柊子踉踉蹌蹌地站起來。

黑虫群聚，陰氣就會沉澱，危害到文重的身體，所以必須驅趕。

接觸汙穢會使柊子的身體惡化，但是保護文重的生命更重要。

柊子打開木門，倒抽了一口氣。

有個女人站在庭院前，周圍都是黑虫。

與柊子的右半邊臉極為相似的臉，盈盈笑著。

女人張開抹了鮮血似的紅嘴唇，對啞然失言的柊子說：

「我很想念妳呢，姊姊。」

「……」

柊子一陣暈眩，靠在木門上。

整個世界好像都歪斜扭曲了。

冷得令人毛骨悚然的聲音，與記憶中的妹妹的聲音分毫不差。

柊子喃喃叫著妹妹的名字。她的確開口叫了，但只有微弱的氣息從嘴巴冒出來，沒有聽見聲音。

女人開心地瞇起眼睛，伸出手指著柊子說：

「姊姊，我有個請求。」

柊子全身戰慄，不能呼吸。女人如唱歌般，對著她說：

「柊隱藏的真正的門……」

「妳……」

柊子的眼眸彷彿就要應聲碎裂了。

「告訴我在哪裡吧。」

像個撒嬌的孩子般死乞百賴的聲音，鑽入了柊子的耳朵。

「哎喲……求求妳嘛，姊姊。妳會答應我吧？妳是妹妹最喜歡的、最溫柔的藍姊姊啊……」

◇　◇　◇

睡醒的安倍晴明吃力地爬起來。

靠著柱子的勾陣眨個眼睛，把視線轉向他。

「原來妳一直在那裡啊！勾陣。」

勾陣默然回應。

晴明忽然張大了眼睛。

「那傢伙……怎麼了？」

勾陣垂下視線，看著晴明猛然一指的地方。

閉著眼睛的白色怪物，軟趴趴地趴在勾陣膝上。

「啊。」

晴明睡醒了，小怪也沒有任何反應，發出微弱的鼾聲。

「黎明時昌浩回來過，他說這傢伙已經廢了。」

「嗯？」

勾陣簡單扼要地轉達了昌浩說的話，聳聳肩說：

「一個才剛復元，另一個又不能動了。」

雖說這也是沒辦法的事，但總是有誰不能作戰的現狀，在神將們心中烙下了陰影。

這麼說的勾陣，也不算完全復元。

雖然昌浩和紅蓮使出全力，祓除了京城的汙穢，但也只是做到這樣而已。

昌浩把小怪交給勾陣，步履蹣跚地去了陰陽寮。目送他離去時，勾陣有非常不好的預感。

最強的騰蛇終於倒下來了。昌浩也十分衰弱。

晴明雖然從吉野回來了，但還不能動。

合抱雙臂嘆著氣的勾陣，身體稍微動一下，小怪就差點從她的膝蓋滑下去了。她把小怪拉上來，幫它調整好穩定的姿勢。

在她昏睡期間，曾經無意識地把小怪當成了枕頭。現在情況正好相反。

不知道有沒有辦法讓它快速恢復？

「……」鬥將一點紅陷入沉思，眼睛泛起些許厲色。

位於道反聖域的瑞壁之海，不能用來補充神氣。

她想起自己對小怪說過的話。

看著面色凝重的勾陣把小怪放在膝上，晴明似乎覺得很有趣，意味深長地點著頭。

「怎麼了？」

「沒什麼……只是在想紅蓮難得會超越極限呢。」

昌浩想出來的辦法算是成功了。可是，代價是十二神將火將騰蛇的神氣被消耗殆盡了。

在那個尸櫻世界都能熬過來的紅蓮，現在居然昏睡了。

「昌浩怎麼會想出那麼不留餘地的辦法呢。」

「你有資格說這種話嗎？晴明。」

被勾陣狠狠一瞪，老人若無其事地望向遠方。

這時候，有道神氣降臨。

現身的十二神將六合，發現趴在勾陣膝上的小怪，訝異地眨了眨眼睛。

「……」

他什麼也沒說，用黃褐色眼睛詢問這是怎麼回事。

勾陣默默地聳聳肩。

晴明代替她回答。

「是昌浩把它累成了這樣。」

這個說明也太省略了，但六合似乎這樣就明白了。

收到昌浩放的式後，竹三条宮的六合、風音便一直處於備戰狀態，以備萬一時可以馬上應對。

昌浩的法術和騰蛇的鬥氣，鋪起了一條通往尸櫻界的道路，把汙穢連同鬥氣一起灌入了那個世界。

就這樣，產生了驚人的法術波動。

經過了六十年，六合再次見識到古老、古老知己的靈力。

待在他旁邊的風音，表情僵硬地倒抽了一口氣。那是她非常熟悉，但性質與她完全不同的波動，看得出她拚命壓抑著內心的動盪。

當一切結束，恢復平靜時，風音抹去表情開口說：

——龍脈的亂流在京城的地底深處繞行。

充斥大氣的汙穢消失了，但盤據在「留」底下的陰氣沒有清除乾淨，還有殘留。

那究竟是榎的法術留下來的，還是另有其他原因，目前還不清楚。

「……」神情凝重的晴明思索了好一會。

好不容易回來，卻沒辦法行動，令他懊惱不已。可以的話，真不想老去。

「放式吧……」

勾陣和六合都把視線轉向終於開口說話的晴明。

他拜託六合把矮桌、硯台盒、紙張拿到墊褥旁，在單衣上加件衣服後，開始磨墨。

全新的衣服是藤花用道長送來的布料縫製的。

聽六合提起，勾陣張大了眼睛。

「哦……那個左大臣還在做那種事？」

「沒想到他那麼固執。」

「真是個死心眼的男人。」

聽到神將們的冷酷批評，老人只能默默苦笑。

他可以理解左大臣的心情。至於正不正確，就不去思考了，因為沒有人知道答案。振筆直書後，等墨乾，再把紙折起來。經過加持的信，打個結，再吹口氣，就變成了一隻白鳥。鳥張開翅膀，無聲無息地飛上了許久不見的晴空。

有點張不開眼睛地望著天空的勾陣，聽見老人的喃喃低語。

「老是麻煩他們，真不好意思。」

「你把式放去哪裡？」

遙望式消失方向的勾陣詢問，晴明用深思的眼神回答她說：

「放去播磨的神祓眾，我想他們的眼線說不定查到了什麼線索。」

神祓眾為了調查樹木枯萎的真相，派了眼線到全國各地。

晴明在信上說，他會把京城的現狀通知他們，也請神祓眾提供擁有的情報。

從京城到播磨國非常遠，式最快也要傍晚前才能飛抵菅生鄉。

晴明合抱雙臂喃喃說道：

「拜託天狗會比放式更快吧……」

聽到主人一回到京城就說想使喚妖怪，六合與勾陣無言地交換了視線，更加確定不管發生什麼事，這個男人都不會改變。

10

播磨國菅生鄉。

率領神祓眾的小野家本宅十分寬敞。

宅院最裡面房間，屋簷下的外廊前鋪著一張草蓆，上面躺著一隻灰黑色的大狼。

神祓眾的下任首領時遠，蹲在草蓆前面，直盯著動也不動的野獸。

野獸全身佈滿粗毛，乍看是接近黑色的灰色，但仔細看，就會發現是灰白交雜。顏色會因為光線深淺改變，是很奇特的毛。

「時遠。」

聽到從裡面出來的螢的叫喚聲，時遠抬起了頭。

「姑姑。」

「狼怎麼樣了？」

時遠搖搖頭說：

「一直在睡覺……如果再也醒不過來，怎麼辦呢？」

螢走下庭院，在時遠旁邊彎下腰，摸著他的頭說：

「應該只是累壞了，讓身體休息一下，放心吧。」

小孩注視著狼緊閉的眼睛，嗯地點點頭。

螢把手放在伸直四肢躺著的狼的眼睛上方。

狼的眼睛快要潰爛了，幸好有螢反覆為它施行治療的法術，應該還不至於失明。

不過視力可能會減弱，要等狼醒來才能知道結果。

把血擦掉做確認時，狼的左眼像是被細細的牙齒撕裂，有個歪斜的洞。

眼睛差點被挖出來，希望可以治得好。

不只眼睛，狼全身都被銳利的武器割傷了。

嚴重的地方就先縫合，再抹藥，用布包起來。很難癒合的傷口不斷滲出血來，要不停地更換髒掉的布。

好不容易止血了，傷口也漸漸癒合了，狼卻還是沒醒來。

「它的肚子會不會餓呢？」時遠擔心地低喃。

狼昏迷不醒，當然什麼也沒吃。

「吃點東西才會好得快。」

螢抱著膝蓋，把額頭抵在膝蓋上，點點頭。以同樣姿勢坐在她旁邊的時遠，露出煩惱的表情。

「不吃就好不起來吧？」

「是啊。」

螢邊回應，邊瞇起了眼睛思索。

狼失去意識前說的話，閃過她的腦海。

冰知消失了。

它說的冰知，是神祓眾的冰知嗎？

「……」

大有可能。這隻狼認識冰知。

跟神祓眾毫無關係的人，進不了菅生鄉。

這隻狼和被狼帶來的那個男人，應該是在哪裡遇見過冰知。

然後，被什麼攻擊，受了這麼重的傷。

冰知從他們面前消失後，狼與男人好不容易才逃到這裡，耗盡了所有力氣。

「快點醒來啊……」螢神情憂鬱地低喃，聽起來憂心忡忡。

已故的哥哥的現影，不知道發生了什麼事。她心急如焚，胸口鬱悶。
愁眉不展的螢，看到夕霧神色緊張地快步走過來。
就在她站起來的同時，夕霧在她面前停下來了。
「怎麼了？」
「收到京城的晴明大人放來的式。」
夕霧應該是看過了，把打結處已經解開的信遞給了螢。
接過信，很快地看過一遍的螢，眼神凜凜地低吟：
「大事不好了……」
忽然，螢眨了眨眼睛。
她和夕霧同時轉移了視線。
從關著板窗的房間，傳出微弱的呻吟聲。
躺在墊褥上，全身纏著繃帶的年輕人，臉部痛苦扭曲，發出了呻吟聲。
他掙扎著甩甩頭，從額頭沁出來的汗珠滴滴答答淌下來。
「唔……唔……唔……」

年輕人的呼吸更加急促、凌亂了。

因痛苦掙扎而扭曲的臉，完全沒有血色。

「唔……啊……」

伸出去的手在虛空中抓撓，身體大大向後仰。

「唔……！」

應聲張開的眼皮下的眼珠子，宛如凝結碎裂了。

伸出去的手的前方，是從來沒見過的樑木、橫木。

但是，年輕人沒有看到那些。

乾巴巴的發白嘴唇微微顫抖著。

「啊……」

宛如凍結的眼眸，突然強烈搖晃。

被狼稱為瑩祇比古的年輕人，面如土灰的臉歪斜扭曲，顫抖著大叫：

「……真鐵……！」

……匡鏘。

有個聲音與水聲重疊。

——你可能不知道吧？

在耳朵深處迴響的聲音。

——那種駭人的絕望。

迴響。重複、再重複。

呸鏘……

聲音不斷重複。

聲音——

後記

這條道路是從什麼時候開始、被誰鋪設的？道路的盡頭又是什麼？

離上一集有一段時間了，是好久不見的少年陰陽師。

在這本書即將出版前，就先出版了《大陰陽師 安倍晴明》系列的新書。

《大陰陽師 安倍晴明：為白面所困》是全新創作。

少年陰陽師通常也都是新作，所以這些日子就是不停地寫。

真的是再怎麼寫、再怎麼寫、再怎麼寫、再怎麼寫都寫不完。一直寫、一直寫、一直寫，終於寫完了這兩本。接下來要寫《吉祥市所有怪事承包處》……

寫作這份工作真的很辛苦（因為怎麼寫都沒有結束的時候……），但每天都過得很開心。

尤其是這一本，終於跟好幾年前、好幾個篇章前鋪下的伏筆連接上了，所以更有幾年來的辛苦都得到了回報的感慨。

但是，還沒完、還沒完喔。呵呵呵，千萬不要錯過下面幾集，呵呵呵……

看電子書的人越來越多了，所以也出了電子書版《少年陰陽師》的全集版（二〇一五年二月二十八日開始上架）。

託大家的福，《少年陰陽師》成為長系列書，所以集數相當多。電子書的優勢就是再怎麼增加，體積也不會變大，所以對於今後要開始看《少年陰陽師》等長系列書的人，我個人建議看電子書。

不過有些長系列書剛開始看時，也沒想到會變那麼長。所以我的意思是要看已經出版很多集的長系列書時，建議看電子書。

全集版的內容是：少年陰陽師1「窮奇篇」、「風音篇」、「夢的鎮魂歌」、「天狐篇」、「竹姬奇緣」；少年陰陽師2「珂神篇」、外傳「歸天之翼」、「幽幽玄情」、「玉依篇」、「颯峰篇」、「神威之舞」；少年陰陽師3「竹籠眼篇」、「尸櫻篇」、「浮生幻夢」。

大家覺得少年陰陽師道敷篇第三集好不好看呢？

請務必來信告訴我感想。

下一本書再見囉。

結城光流

國家圖書館出版品預行編目資料

少年陰陽師．肆拾伍，虛假之門／結城光流著；涂愫芸譯 .-- 初版 .-- 臺北市：皇冠，2016.07
面；公分 .--(皇冠叢書；第 4565 種)(少年陰陽師；45)
譯自：少年陰陽師 45：留めの底にわだかまれ
ISBN 978-957-33-3250-3(平裝)

861.57　　105011298

皇冠叢書第 4565 種
少年陰陽師 45

少年陰陽師——
虛假之門

少年陰陽師 45
留めの底にわだかまれ

作　　者—結城光流
譯　　者—涂愫芸
發 行 人—平雲
出版發行—皇冠文化出版有限公司
台北市敦化北路 120 巷 50 號
電話◎ 02-27168888
郵撥帳號◎ 15261516 號
皇冠出版社(香港)有限公司
香港上環文咸東街 50 號寶恒商業中心
23 樓 2301-3 室
電話◎ 2529-1778　傳真◎ 2527-0904
總 編 輯—龔橞甄
責任主編—許婷婷
責任編輯—蔡承歡
美術設計—嚴昱琳
著作完成日期— 2015 年
初版一刷日期— 2016 年 7 月

法律顧問—王惠光律師

讀者服務傳真專線◎ 02-27150507
電腦編號◎ 501045
ISBN ◎ 978-957-33-3250-3
Printed in Taiwan
本書特價◎新台幣 199 元 / 港幣 67 元